Ludwig Weibel
Auf dich gemünzt
In absoluter Wachheit leben

Books on Demand

Bibliographische Information der Deutschen Nationalbibliothek. Die Deutsche Nationalbibliothek verzeichnet
diese Publikation in der deutschen Nationalbibliographie,
detaillierte bibliographische Daten sind im Internet über
http://dnb.dnb.de abrufbar.

© 2019 Autor: Ludwig Weibel
Herstellung und Verlag:
BoD – Books on Demand, Norderstedt
ISBN 9783749420490

Ludwig Weibel

Auf dich gemünzt

Aphorismen

Inhalt

1

Wovon die Seele lebt

1.1

Wen kennst du besser als dich selbst
in deinen Wundern und Verstiegenheiten;
wann wirst du endlich auch mit Mir bekannt?

Was gibst du Mir dafür,
dass Ich Mich ganz an dich vergebe?

Mitgegangen, mitgehangen
in des Himmels Grazie und Harmonie.

Wer bringt uns Heil, wenn nicht die Liebe
in der Menschheit friedevollem Sich-Vergeben.

Mein Himmel, weiss die Seele, muss sich weiten,
um seines Lichtes Fülle zu erfahren.

Wovon die Seele lebt ist dir mit jedem Wort aus
Meinem Mund beschert. Hörst du Mir auch zu?

Was kann Ich dir noch besseres verehren,
als Meines Herzens liebevolles Sich-Verstrahlen?

Wie hoch der Himmel, wie rauh die tiefe See,
die Innigkeit des Gottesherzens übertrifft ihr
dräuendes Gewoge.

Wie schön du bist in deines Herzens Einfalt,
Jungfrau mit dem Stern von Bethlehem.

So spricht der Weltengeist zu dir und stärkt dich in
der Überzeugung, dass du Bist im tiefsten Grund
sein Wesen.

Die Freundschaft mit den Tönen formt sich
zu Gesängen wunderbaren Wohlgeratens.

Lässt die Welt dich ruhn, bist du fähig
Überird`sches zu empfangen.

„A capella" sind die leisen Laute wunderschön.

Wo beseelte Lieder klingen
singt das Herzblut innig mit.

Was Ich will ist in dein Herz geschrieben,
was du wolltest auch, und doch ist beides
voneinander himmelweit verschieden.

Versuche zu suchen - und was du findest
sei dem Glanz der Sterne zu vergleichen.

Die Ferne Gottes kommt dir nah
im Glück der Stunde, das sie dir beschert.

Reich Mir die Hand, dass Ich sie leis berühre,
deinem Wohlgefühl entgegen.

1.2
Kammermusik geniessend

Geflügelt und geschniegelt gleiten süsse Töne um dein
Herz, es zur Liebe zu verführen.

Sanft umhüllt das schwingende Gelispel liebevoller Töne
deines Seelenseins Gefieder.

Schlüpft die muntere Forelle just am Ängelchen
vorbei, ihr Leben weiter zu geniessen.

Derweil die Töne Wasser trinken glitzert eines
Bächleins silbernes Gemurmel selig vor sich hin.

Wohlfahrt singend überstreicht der Bogen das
Gewind der Saiten, flinker Hand gemäss in
überragender Manier.

Die vielgewandte Künstlerin belebt die Violine
mit dem Zauber seelenvoller Melodien.

Mitteilsam und virtuos erzählen uns die Saiten, was ihr
Sein bewegt, um auch das unsre zu bewegen.

Soviel Heiterkeit zerschmilzt den Schnee an deines
Herzens Tor und lässt es überselig höher schlagen.

Geballte Modulationen führen dich zum Gipfel der
Bewegtheit auf der lichterfüllten Götterspur.

Anschwillt der Töne Flut, das Herz zur Freude zu
bewegen.

Arc-en-ciel melodienträchtig ausgespannt von Herz zu
Herz im wogenden Gesange.

Was hebt die Seele höher denn die Leiter liebevoll
gespielter Töne im harmonischen Quartett?

Beschwingt und unverfroren heitern uns die
munteren Gesellen auf, der Schönheit der Gefühle
wegen.

1.3
Endlich ist es dir gelungen,
deine Stiefel selber auszuziehn.

Weinst du, will Ich dir von Meiner Seite
Tröstung spenden.

Kippst du hinterüber,
will *Ich* dich wieder in den Senkel stellen.

Du hast die Wahl, ein Geck zu sein,
oder ein Genie im Kartenlegen.

Meinst du es ehrlich, kann Ich dir
zum Ehrenpreis verhelfen.

In Bezug auf deine Werte muss Ich immer wieder
kräftig suchen gehn.

Mässigst du beizeiten deine Triebe, sind sie dir ein Schatz
von unvergänglichem Bewähren.

Klage nie es sei zuviel; bei Mir ist alles ein:
Die-Sache-auf-die-Spitze-Treiben.

Mangel leiden muss Ich nie, wo doch Mein Schaffen alles
leichterdings hervorbringt was Ich brauche.

Kommst du gut an, ist es meistens
Meiner Umsicht zu verdanken.

Willst du mit *Meinem* Mass gemessen sein,
musst du gleich von vorn beginnen.

Ingeniös ist, was Ich dir berichte von des Universums
gloriosem Lichtersaal.

„Credo" sei das Wort das dich bewege,
Meinem Weltenwerk entgegen.

Machbar ist gar vieles, aber es gestalten
bleibt *Mein* Risiko und Praktikum im Seinsbefehlen.

Bei wem klopfst du am ehsten an? Bei dem du
herzliches Relieve erwartest von des Lebens
trügerischem Spiel.

Willst du dich mit Mir vergleichen,
trage dich zuerst ins Buch der Weisheit ein.

Ich verfolge unablässig deine Spuren und erhalte
aufrecht, was dir zu versinken droht.

Wem sagst du das, wenn *Ich* es dir vordem
ins Ohr geflüstert habe.

Wohlsinn ist die beste Note, die Ich dir seit eh und je zu
überreichen trachte.

Maliziös ist Meines Lächelns Rittersporn, sowie du
dich getraust, auf eignen Wegen loszupirschen.

1.4
Goldberg Variationen

1. Das so Geartete vertreibt die letzte Grille aus der
   Seele zärtlichem Gemach.
2. Folge mir ins Reich beseligender Klänge,
   Schäflein auf der grünen Flur.
3. Spiel mir was vor, doch zauberhafter als die
   Goldenen wird es sich nimmer präsentieren.
4. Ist es „das", so winke Herzensbeifall, ohne dich
   zu zieren.

12

5. In Sachen Takt bist du bei Bach am Trefflichsten beraten.
6. Geniale Klänge schmeicheln deinem Ohr in fabelhaftem Wohlgeraten.
7. Silberhell schiesst das Melodische an dir vorüber, Entzücken zeugend.
8. Wo bist du traulicher geborgen als im Milieu begeisternd vorgetragner Melodien.
9. Du beliebst zu scherzen, wenn du nur im Mindesten bezweifelst, ob hier Überirdisches geschieht.
10. Was stimmt dich heiterer, als diese wohlgelungnen Liebesmelodien.
11. Im Ernst, was willst du hier noch sagen, statt im Staunen schweigend zuzuhören.
12. Estrella, kannst du besser blinken als dies Klingens silberhelle Euphorie.
13. Das rhythmische Entzücken wird so bald nicht von dir weichen, windelweich gewundner Kapitän.
14. Beweise mir, dass es noch Überragenderes gibt, als diese göttlichen Inventionen.
15. Wohlklang göttlichen Geblüts wird hier in Virtuosum vorgetragen.
16. Die Finger sind ihm wie vom Götteratem angetrieben.
17. Bach erscheint -und sein Genie- hinter diesen Wunderklängen.
18. Deine Spielwucht trifft uns mitten ins Herz, königlicher Interpret.
19. Götterstunde, gläubig Herz, für dich zu freudigem Geniessen.
20. Wahnsinn, wie du dir den Ruhm ertastest, fürstlicher Gespan.
21. Künstlertum von höchster Qualität fällt dich hier an im finalen Melodienreigen

1.5

Es beginnt zu tagen, wo Ich Bin,
in Myriaden Variationen.

Nichts Abgegriffnes greife auf,
damit du deine Finger nicht versehrst daran.

Hast du es eilig, komm Ich dir zuvor und willst du
ruhn, hab *Ich* Mich längst zur Ruh begeben.

Du verwendest Dinge, die Mir seit Äonen schon verleidet
sind und lässest liegen was *Mir* weiterhilft in eine
Zukunft wundertätigen Erfahrens.

Ich erhebe dich in einen Zustand sagenhafter
Harmonie und wundervollen Seinsgewahrens.

Koste was köstlich ist für deine Seelengründe
und erlabe dich daran.

Ich erlaube dir, dich auszutoben, bis du einsiehst, welche
Fülle darin liegt, in dich zu gehn und dein Unendliches
zu pflegen.

Willst du besorgt sein, fange an,
dich um dein Seelenheil zu sorgen

Wetten dass Ich weiss, woran du dich vergnügen
könntest, ohne dir dabei zu schaden.

Bist du ausgeflippt, flipp Ich dich wieder ein
zum ausgewognen Wohlbefinden.

Hier sass ich, wartend, wartend
ohne dass ich die Erleuchtung fand.

Kalamitäten gibt es schon genug,
da brauchst du keine neuen anzufügen.

Kein Dirndl läuft vor dir davon,
solang du ihm erwartungsvoll hofierst.

Mit Hexametern hat eine Hexe ihren Geck ver-
zaubert, dass er ihr zu Füssen fiel.

Wie du in den Wald pohetest, wird er sich vor dir
verneigen - oder dich verhöhnen.

Das schicke Volk gefällt sich darin,
jeden Wortsenf zu goutieren.

Kunst ist, weise Dinge witzig vorzutragen.

Die Gründe für dein Hiersein sind im Zauber der
Vergangenheit zu suchen.

Du verhedderst dich im Netzwerk fulminanter Tage,
so sie nicht in Mir beschlossen sind.

Deine Mängel sind mit Leichtigkeit zu korrigieren unter
Meiner göttlichen Regie.

Dem Irrtum zu verfallen ist wie
einen Abgrund übersehn.

Auch Brillenschlangen blinzeln und verpassen, was
vorüberhuscht, im lässigen Spazierengehn.

Auf Melchior folgt Balthasar und bald auch du
mit goldgeschmückten Händen.

Als Zerknirschter will ich dich zu Meinen Füssen
wissen, den Gottessegen zu empfangen.

Kronzeuge deiner selbst sollst du dir werden,
alleweil vor Mir.

1.6
Ohne Mich kannst du nicht sein,
mit Mir bist du alles.

Deine Zukunft ist das Bewusstsein
des Hier und Jetzt.

Das Folgerichtige hat die Tendenz
Extreme zu erreichen.

Spielerisch vollzieht sich,
was Ich meine.

Lässest du Mich walten,
werden deine Lebensdinge grandios.

Zuweilen mag das Künstliche zu wahrer Kunst
gedeihen, nach des Gottes fulminantem Zielen.

Die Poesie wird, ins Melodische gezogen,
zarter Liebeslieder Spiel.

Noch so offen mag es sein,
die Deutung bleibt dir überlassen

Aus der Stille geboren, strömt dir Meine Weise
besänftigend zu.

Das Zärtliche befriedet deines Herzens Saiten,
unendlichem entgegen.

Im Spontanen treten die fantasievollsten Dinge
zutage.

Wie eh und je begeistern dich die im Bewusstsein
aufgetauchten Exklusivitäten.

Das Alltägliche verliert sich
im unermesslichen Lichte.

Was zu sammeln ist, ist deine Sache,
das Verteilen steht Mir zu.

Im Überborden liegt wohl das Gravierendste
des Weltsystems.

In deinem Fall ist es das Beste
wenn du vollends zu Mir stehst.

Schönes, zartes Leben, wenn die Seele in ihm
schwingt wie der Harfe beglückendes Klingen.

Über alles breitet sich die Weltenseele,
was im Menschenvolk geschieht.

Das Dynamische wogt unbeherrscht heran
und verliert sich in Vereinzelungen wieder.

Was geschieht dem lauschenden Gemüt,
wenn sich die Lebenstöne, wie die Meereswogen,
gierig überschlagen?

Wohl steht es dir an, wehklagende Gesänge
tief ins Herz zu fassen.

Geschenke ziehn wie traute Melodien
in dein offenes Gemüt.

Das Ehrenvolle trägt dich siegessicher
zu den Sternen.

Bewusstes Singen bricht wie Frühlingsstimmen
in dein sinnendes Gehör.

Das Überragende zieht dich behutsam
himmelan.

Dem Herrn zu Ehren hebt die Herzlichkeit
zu schwingen an.

Aus dem Besonderen fügt sich das Allgemeine
ahnungsvoll zusammen.

1.7
Wie gerne leben wir im
glückbereitenden Erheben.

Cantus firmus wie von Engelsstimmen intoniert.

Kunstvoll fügen sich die zarten wie die starken Töne
zu einem Wunderwerk zusammen.

Was geschieht in dir, wenn zu viele Stimmen
sich in dein Gehör ergiessen?

Wie kannst du nur so vielem Achtung zollen,
was dein Gemüt zutiefst erregt?

Ich trage bei, derweil du wegträgst,
ohne dich zu zieren.

Wie stellst du dich wohl an, wenn Ich dir einst in corpore
begegne?

Was gleichst du aus, wenn dich die Lebenswogen
überfahren wollen?

Meine Weisheit ist der deinen haushoch überlegen,
wenn du nur hin und wieder von ihr zehren wolltest.

Gibt es Zeiten, wo du froh bist, Mir und keinem andern
zu gehören?

Was trägst du dazu bei, Mein Renommee weltweit zu
verbreiten?

Kennst du das Wort: *Ich* meine es so gut mit dir? Was
willst *du* von Mir meinen?

Gibt es ein Mittel, dich für alle Zeit zu Meiner Ansicht zu
bekehren?

Hast du schon bemerkt, wie Ich dich alleweil belehre?

Alles was du sollst, ist Meinem Willen untertan.

Erhebst du dich in Meine Weiten, wird dir das
Unendliche zum Lohn.

Wie viel an Dankbarkeit benötigst du,
um alles, was Ich dir vergeben habe, zu begleichen?

Ohne deine Hilfe kann die Welt nicht zur
Vollkommenheit gedeihen.

Bequemst du dich dazu, Mir zuzuhören,
kann Ich dir vom Wesen Meiner Welt bedeutendes
erzählen.

Willst du wissen, wie es um dich steht,
musst du nur dein Herz befragen.

Dreht es sich um dich, kannst du sicher sein,
dass es genauso Mich betrifft in deinen zwitterhaften
Operationen.

Wem huldigst du, Mir oder dir? Und was hast du
dazu zu sagen?

Mir ebenbürtig bist du nie, doch von Mir gebürtig
wirst du wohl gehörig akzeptieren.

Wenn es Mich nicht gäbe, könntest du noch lang auf dein
Erscheinen warten.

Nolens volens ist es dir gegeben, deinem Schicksal
Folge und Tribut zu leisten.

Willst du *dich* erkennen ist es unumgänglich,
auch mit Mir bekannt zu werden.

Anerkennst du, was dir so begegnet, kannst du getrost
auch Mir ins Auge sehn.

Bewährst du dich,
kann Ich dich umso inniger in Mir bewahren.

Kommst du zu Mir, gestatte Ich Mir
ebenso zu dir zu kommen.

Wovon du zehrst,
zehrt auch an Meinen Kräften.

Kostenlos kannst du vom Leben nichts Vernünftiges
erwarten.

Die Zeit ist immer günstig für dich,
um zu neuen Ufern aufzubrechen.

Keine Frage: du wirst es schaffen, Meinen Zielen
Vorrang zu verleihen.

Mit Mir wird alles, was du Bist, ein Traum von Güte,
Wohlfahrt und Gerechtigkeit am Leben.

Wie kommst du darauf, Mich zu kritisieren?

Was braucht es noch, bis du dich von Mir führen lässest,
wie es sich gehört?

Konstant zu sein
ist die beste aller Variationen.

Wer sich getraut, vernünftig und bewusst zu handeln,
kann als ein Held bezeichnet werden.

Optimal versorgt Bist du nur in *Meinen*
liebevollen Händen.

Willst du Mich kennen, erkenne dich zuvor.

Eine Ahnung kannst du immer haben,
doch Gewissheit nur in Mir.

Wie stellst du Mich dir vor in deinem
ständigen Rumoren?

Wenn du dich verliebst, ist es ein Trugschluss,
dass dem verehrten Herz dasselbe widerfährt.

Wo schaust du hin, wenn du ein Wesen kennen
lernen willst in deinen Armen?

1.8

Wo du gehst und stehst, Bin Ich in deinem Wandel
inbegriffen.

Was kann dich mehr begeistern, als Mein Wort
zu deinem vollen Selbstgenügen?

Was kündet sich dir an, wenn du Beklemmung
konstatierst in deinem Herzgefühl?

Kannst du dich dazu überwinden, das was du solltest
auch zu tun?

Wie gut ist es zu wissen, dass das wahre Urteil kommt
von himmlischer Gewähr.

Gestatte Mir, dich in den Fächern Wohlverstand und
Redlichkeit zu unterweisen.

Kann es sein, dass deine Werte laufend ihre Gültigkeit
verlieren?

Das Gültige ist immer mit der Gabe Meines Weiseseins
verbunden.

Willkür sei dir fremd, aber willentliches
Selbstbehaupten bringt dich meilenweit voran.

Du hast plötzlich viel zu tun, seitdem *Ich* deineTaten auf die Probe stelle.

Nichtswürdigem sollst du entschieden aus dem Wege gehn; Ich hingegen bringe alles unter einen Hut.

Ein Paternoster um der Gottesliebe willen sei dir nie zuviel.

Mach es kurz, dann wirst du lange leben.

Ein gutes Wort zur rechten Zeit kann Wunder wirken.

Nun gut, unnütze Dinge laufen sich von selber tot.

Wie rührend bist du anzuschaun in deinem Eifer, aufs Podest zu steigen.

Kreatürlich sei ihr alle, doch dem Gottesebenbildlichen läuft ihr davon.

Wie hast du das gemeint mit deinem Blick nach oben?

Wo es knistert, müssen wohl auch Flammen wüten.

Gerade vorhin warst du noch loyal; Edelmut, wohin bist du entschwunden?

Kapitale Fehler solltest du nur einmal generieren.

Die Probe aufs Exempel will Ich dir diskret ersparen.

Wer durch die Wüste wandert wird für jedes Lüftchen dankbar sein.

Was hast du gestern wirklich in dir aufgenommen?

Wie verlaufen deine Werte neben Meinen?

Wie heisst es doch im göttlichen Koran: du sollst dich selber sehn, bevor du andere beneidest.

Mit Weh und Ach ist noch gar nichts gediehen.

Was fischest du im Trüben, wo doch gleich nebenan die reinsten Wasser fliessen?

Hast du begriffen, um was es bei Mir geht, wirst du dich nicht mehr selbst betrügen.

Willst du die Welt verbessern, fang bitte bei dir selber an.

Mit dem Hammer kannst du keine Fäden durchs Gewebe treiben.

1.9

Wie reich bist du, wenn du in Staub versinkst vor
Meinem Strahlen.

Was kann dich besser in Mein Sein erheben, als die
Wahrheit vor der Welt, in der du dich bewegst.

Nachlässigkeit ist nicht von Mir erfunden worden, aber
zielbewusstes Vorwärtsschreiten.

Immens sind Meine Gaben den Gerechten gegenüber
in des Gottesreichs unendlichem Genügen.

Kennst du die Gründe für dein Handeln, kannst du es
konsequent in *Meine* Richtung dirigieren.

Du kannst auch rückwärts gehn, indem du Zweifelhaftem
vor dir in die Arme trippelst.

Motiviert sein heisst zumeist,
in *Meinem* Sinn und Geist agieren.

Wohin des Wegs, mein Klausner, bist du ausgerissen?

Mit blanker Münze zahlst du nun, was du vordem
frivolerweis ergattern wolltest.

Was erhoffst du dir vom Tage: Krempel oder
liebenswerte Preziosen.

Gehst du in Pension, so kann Ich dir Geduld und
Goodwill wohl empfehlen.

In deinem Fall vertrittst du dir die Füsse, anstatt *Meine*
Sache würdig zu vertreten.

Was nimmst du wahr, wenn du der Wahrheit gegenüber
stehst?

Geschwind ist deine Meinung von dir selbst, doch
wie hältst du`s mit der Meinen?

Was von dir geht soll besser sein als das, was einst zu dir
gekommen.

Dein Gewinn ist Mein Verlust und vice versa.

In Kürze wirst du Mich mit einem anderen Bewusstsein
kontaktieren.

Achte darauf, dass in deinem Denken nichts
Verwerfliches rumort.

Zur Gewohnheit lass es werden, dass du Mich begrüssest
jeden neuen Tag.

Sieh dich vor, genügend Kraft zu tanken, eh du den Ozean befährst.

Was dich begeistert
kann auch vor Mir geradestehn.

Kein Unheil wird dich treffen
unter Meiner göttlichen Regie.

Myriaden tun sich schwer, zu Mir zu finden,
doch deine Schritte laufen stracks Mir zu.

Woran du dich gewöhnt hast, hängt zentnerschwer an
deinen Schultern, nur beherztes Rütteln
wirft es wieder ab.

Wer Mich betrügt, betrügt sich selbst im Andersartigen.

Maliziös ist Meines Lächelns Rittersporn, sowie du dich
getraust, auf eignen Wegen loszulaufen.

Hereinspaziert in Meine Räume licht und schön.

Gewesenes bleibt immer da und Künftiges ist schon in
Mir gediehen.

Rauchschwalben ziehen vor Mir her, den Himmel zu
versüssen.

1.10

Das Sagenhafte hat noch immer Vorrang vor dem Jammerton.

Melancholie von anno dazumal ist längst der Lebenslust gewichen.

Von wo beziehst du deine Seinsideen, wenn nicht von Meinen Geistesgründen.

Was klaubst du da zusammen, sind dir *Meine* Werte nicht genug?

Was hält dich wach in Meinen Gründlichkeiten? Finde es in dir.

Verschenke deinen Überfluss und deine Art wird flüssig werden.

Konsequent verfolgst du deine Ziele, unwissend, dass es Meine sind.

Wie legst du dich ins Zeug und wunderst dich, wenn sich die Hemmnisse vermehren.

Stehst du auf in dir, kann Ich Mich unter Lobgesängen niedersetzen.

Beweise Mir dein Können und Ich weise dir den Weg.

Bist du bei Trost, Mir soviel Sorgen zu bereiten.

Wache Geister sind Mir
ein willkommnes Seinspotenzial.

Im Grossen Ganzen hab *Ich* jedem seine Lebensrolle
zugeschrieben.

Der Avatar weiss sich ins Seinsbewusstsein eingetragen.

Lernst du soviel wie *Ich* es dir vor Zeiten
eingegeben habe?

Bekennst du dich zu Meiner Lebensstrategie,
kannst du damit getrost auch deine unterhalten.

Auf Anhieb sollst du bei Mir
tüchtig singen lernen.

Zuviele Ingredenzien im selben Brei können nicht zum
Guten führen.

Wohl dem, der sich auch ohne Mich geziemend
zu benehmen weiss.

Das Irdische wird alleweil vom Himmlischen umschwärmt, um ihm den Durchbruch ins Allherrliche zu bescheren.

Was du dir denkst, soll auch von Mir beglaubigt werden können.

Wie grandios das alles ist, kann nur von Mir genug gewürdigt werden.

Die Proletarier geruhen in der Regel wohl zu wissen, wo es lang geht, Ich hingegen schreite überall bedenkenlos voran.

Wie kannst du nur so wortreich rezitieren was du gar nicht weißt.

Du verlierst dich in dir selbst, ohne dich dabei zu finden.

Wie bist du ignorant vor dem was wirklich *ist* im Unergründlichen.

Was quälst du dich herum, wo du doch unbeschwert vor Mir erscheinen könntest?

Wovon suchst du Kunde zu erhalten, wenn du doch alles, wessen du bedarfst, in dir selber findest.

Wenn es gilt, dich warm zu laufen, laufe doch durch
Meiner Gärten sonniges Gemurmel.

1.11

Mit Bedacht genossen wird dir manches besser
schmecken als zuvor.

Deine Botschaft soll der Meinen allgemach aufs
Tüpfchen gleichen.

Kontrahenden können wir nie sein, weil wir demselben
Geistlauf angehören.

Momentanes greift bei Mir zu wenig, weil
Ich Mich nur noch mit dem Ewigen begnügen kann.

Was plapperst du daher, deiner Welt das Dasein
zu vermiesen?

Nicht von gestern Bin Ich, aber im „Ich Bin" für alle Zeit
verankert.

Was *Ich* habe hast auch du in deinem zauberhaften
Wesen.

Auf jede deiner Taten folgt die Wirkung, genau wie auf
die Meinen in der kosmischen Allüre.

Fehl am Platz sind Kapriolen, wo dein Auftritt
Seriosität erheischt.

Was auch immer dich beschäftigt, Ich führe es auf deinen
Wink zum genuinen Wohlgeraten.

In Meiner Gegenwart ist auch die Wiege der Geduld
zu finden.

Weshalb behagt es dir so wenig, neues zu erfahren?
Ich befasse Mich konstant mit Nouveautés.

„Behüte mich", soll dir das Herz beständig formulieren.

Auf Mich eingestimmt wirst du nichts andres mehr
verlangen.

Weshalb enthältst du dich
von soviel Schönem?

Aus Meiner Sicht ist alles zauberhaft und morgenschön.

Wunderbar geformt sind deine Glieder.
Meine kannst du nur erahnen.

Zum Staunen ist, was Ich dir vom „Ich Bin" erzähle.

2

Wir fahren durch das Paradies

2.1

Myriaden Sterne sind des Himmels Zier im
Sich-Umkreisen.

Raritäten sind noch immer dazu angetan, dich zu
beglücken, selbst wenn sie den andern wertlos scheinen.

Im Siegeslauf steckt Würde des Erwachens zu dir selbst
im Andersartigen.

Behäbig lehnst du dich zurück, wenn du den Vogel
abgeschossen.

Pausenlos verfolge Ich dein Dich-Bewegen zum
ersehnten Geistespol.

Plötzlich kommt die Krise, doch du sammelst dich in Mir
und bist verständig und zufrieden.

Dein Modus vivendi bringt dir viel, wenn er sich Meinem
anfügt in den Geistessphären.

Kopernikus war auch nicht auf den Kopf gefallen, als er
die Erde um die Sonne kreisen liess.

Dein hoffendes Gebet gelangt im Nu zu
Mir, um eine Wendung zu bewirken.

Vertrautheit mit dem Höchsten bringt dir das Gesuchte unfehlbar.

Erfährst du dich im Ewigen, sind deine Hirngespinste rasch verflogen.

Mutationen prägen dich wie nichts vor Meinem steten Dich-Beschauen.

Dein Widerstreben nützt dir gar nicht viel im Verhältnis zu dem Meinen.

Hauchdünn wurdest du gewählt, weil du`s so dick hast hinter beiden Ohren.

Arg zerkratzt ist dein vordem so glänzendes Image, man könnte meinen, du seist durch`s Dorngestrüpp gestrichen.

Trost erlangt, wer sich beizeiten auf die Socken macht, den Berg der Wahrheit zu ersteigen.

Kleine Ursach, grosse Wirkung überall, wo *Ich* die Hand im Spiele halte.

Dein Wandel hängt von Meinem ab in allen Ehren und Gepflogenheiten.

Mandelas fürstliches Verhalten hat den Willen einer
ganzen Nation geprägt.

Wie kannst du solchen Unsinn nur behaupten,
wo doch die Wahrheit offensichtlich vor dir steht.

Moderates hat auch seinen Sinn, wo andere Mittel
jämmerlich versagen.

Die Elite drängt nach Pfeffer in den Seinsregalen,
derweil die Menge ihren Wehrgang noch verschläft.

Alles in allem solltest du dich nicht beklagen über deines
Schicksals Summe und Apostolat.

Krisensicher aufzutreten kannst du nur in *Meinem*
Kontext und Bewusstsein wagen.

Maulbeerbäume sind besonders attraktiv bei vollem
Fruchtwuchs anzusehn.

Partei ergreifen sollst du nur, wenn sonst alle Stricke
reissen.

Behutsam schleicht die Katze einen Vogel an,
so geziemt es sich für dich, Mich anzuschleichen.

2.2

Kein Gewitter kann dich überraschen, wenn dich
dein Schirm begleitet beim Spazieren.

Kennst du Mich nicht, so kann Ich dich genau so wenig
kennen in der Einsicht, die du Mir gewährst.

Das Gewöhnliche verlangt nach dem Besonderen in
seinem seinsnaiven Resümee.

Durch dick und dünn will Ich dich lotsen, wenn du
Meine Wege zu verfolgen trachtest.

Magst du`s heftig, kann Ich dir Sukkurs und
Partnerschaft entbieten.

Ich fahre durch das Paradies kann mancher Eingeborene
auf seinem Einbaum von sich sagen.

Den lieben, langen Tag hast du`s versäumt, Mein
Hochgebot zu hinterfragen.

Weißt du wohl, dass Meine Winke akkurat auf dich
bezogen sind?

Für Kenner gibt es immer etwas Sagenhaftes in den
Raum zu stellen.

Was glotz`st du Mich so an? Ich habe Mir doch nichts zuschulden kommen lassen.

Das Theater ist erst aufgehoben, wenn du unbegleitet heimwärts ziehst.

Maienluft zu atmen bekommt dir ganz besonders wohl, wenn`s nur nicht in der Grossstadt wäre.

Knacker müssen ihre Sünden auch einmal gestehn, in der Zeit der allgemeinen Missgunst unter Freunden.

Wo die Liebe waltet, laufen dir die Lebensdinge nimmermehr davon.

Baust du auf, so will Ich dir dazu ein Bündel Steingut schenken.

Der Trockenheit folgt die Bewässerung durch Meine lebenspendenden Kanäle.

Kopf an Kopf rennst du dem Ziel entgegen, doch den Ausschlag kann nur Ich bewirken.

Ordentlich gefordert bist du in der Schule Meiner Übersinnlichkeiten.

Die Masse meint was alle meinen, Ich mache sie.

Trostlos scheint der Menscheit Lage, Ich gewähre ihr
Entzücken an des Seins lebendigem Gefieder.

Du glaubst, über deine Welt allein zu herrschen, derweil
Ich diese stets im festen Griff behalten habe.

Monster müssen auch ein wenig schlafen;
das gestattet dir, ihnen den Garaus zu machen.

Das Filigrane schenkt dem Leben ein vergnügliches
Gedankenspiel.

Trumpfst du auf, lachen sich die Wissenden ins
Fäustchen.

Das Verheerende ist oft der Anfang neuer
Zuversichtlichkeiten.

Im Moment ist alles ruhig, doch der Sturm folgt auf dem
Fuss.

Woran knabberst du im stillen? Eine neue Welt will vor
dir auferstehn.

Hast du Mühe, dich zu sammeln, musst du dich
nicht wundern, wenn du eingesammelt wirst.

2.3

Die Theosophie ist nichts als der vergebliche Versuch, das Unerklärliche im Detail zu erklären.

„Gewehr bei Fuss", hat schon mancher streng befohlen und ist dabei erschossen worden.

Wo schaust du hin, wenn Ich dich regelrecht fixiere.

Rigoros verteilst du deine Kritik an die andern, an dich selber nie.

Was steht dir besser an, zu heulen, oder heiteren Gemüts voranzugehn.

Der Clou ist immer mit einwenig Selbstgefälligkeit verbunden.

Willst du auf Nummer sicher gehn, beginne dich darauf „weshalb" zu fragen.

Wann bist auch du soweit, nicht ständig das verfluchte Veto einzulegen.

Ich schätze, was du zelebrierst, wenn es doch nur einwenig frömmer wäre.

Misteriös ist alleweil, aus welchen Hintergründen du agierst, aber Mir könntest du`s schon sagen.

Letztlich kommt es auch bei dir nur auf die rechtliche Gesinnung an.

Wofür willst du kämpfen, wenn dir die Waffen dazu fehlen.

Ich warne dich vor allem Übermut, er könnte dir noch heute zum Verhängnis werden.

Gehst du morgens aus wird es sich zeigen, ob du am Abend wiederkehrst.

Lernen kannst du alleweil was gut für alle wäre, nur musst du es auch tun.

Wo wären wir, wenn alle so verschroben wären, wie wir es bei den andern sehn.

Zuerst lacht immer der, der etwas zu verbergen hat.

Gutherzig kannst du immer sein, doch frage dich nur wie.

Mit kühnen Schritten gehst du oft voran und lässt die anderen im Elend liegen.

Kümmert dich die Welt, so sollst du zugleich um die
eigene besorgt sein.

Das Gewohnte ist zugleich das Unbewegliche
in deinem hundertfältigen Gebaren.

Verzage nicht, die Liebe zum Unendlichen
wird reine Güte zu dir bringen.

Was willst du denn gewinnen, wenn nicht Mich,
die Majestät an sich, im ewigen Gesunden.

Geöffnet sind die Sphären der Allherrlichkeit
für dein bewusstes Sein in Meinen Geistesregionen.

Theologie ist immer auch ein genuines Eingehn
auf Mein Wort im Sanktuarium der Menschenseele.

Was immer dir begegnet, sollst du auch
geniessen können unter Meiner göttlichen Regie.

Wohlverstand, Authenzität und Seinsvertrauen sind
deine besten Helfer auf dem Weg zum seelenvollen
Gottesziel.

Willst du von deinem Glücke reden,
musst du auch dein Bestes dafür tun.

2.4

Wer sich für Mich entschieden hat, darf sich in der
Losgelöstheit von den Weltendingen heiter und
glückselig wiegen.

Willst du brennen,
zünde dich an Meinem Geiste an.

Das Tapfere wird in extenso
von Mir fürstlich honoriert.

Meide das Schräge und geh
geradewegs und wohlgefällig Mir entgegen.

Ich spreche zu dir, wie man spricht von Du zu Du,
im Aufwind des Dich-götterlicht-Verkreisens.

Gespickt mit Träumen bist du, menschliches Gelass,
derweil *Ich* keine intus habe.

Das Kräutlein Wehmut mag in deinen Gärten wohl
gedeihen, in Meinen ist es nicht zu finden.

Was immer Konjunktur hat im verheissungsvollen
Weltgetriebe ist von Mir geplant und tüchtig angestossen.

Mir zu verdanken ist es,
wo das Mustergültige die Welt bewegt.

Dein Seinsgefühl führt dich beglückt
in unerhörte Fernen.

Jeder Einsatz kommt dir ganz gewiss
verhundertfacht entgegen.

Türkisch soll nicht tückisch sein,
aber wohlgefällig über alle Massen.

Womit du dich bekränzest ist immer schon Mein
Siegeskranz auf deinem Haupt gewesen.

Die Gelehrsamkeit ist *eine* Sache, das bescheidene
Erwarten Meiner Seinsparolen eine bessere
von himmelweiter Qualität.

Was du betreibst und rings um dich verteilst hinterlässt
unendlich tiefe Spuren, in Mein Sein gegraben.

Wo Gewalt herrscht, herrschen auch uralte Seinsgesetze,
welche sich der Willkür und Zerfahrenheit
entgegenstellen.

Deine Bitte ist so wirkungsvoll wie ein herzinniges Gebet
hinein in Meine ewigliche Robe.

Meine Wohlfahrt glättet die Gedanken und hütet, was die
Welt bestimmt, in ihrem unverwandten Streben.

Beeile dich in *Meinem* Sinn voranzukommen als ein Held und Herold glorioser Taten.

Nicht von hier doch umso besser und prägnanter sollen Meine Worte regelrecht dein Haupt beprasseln, um es aufzuweichen auf die Götterzukunft hin.

Redliche Geschwister schauen sich tief in die Augen und bereiten sich des Herzens Glorie und siebenfaches Wohl.

So muss es sein, dass deine Sprache bis aufs Tüpfchen Meiner gleicht.

Auch Gaunereien nehmen Seinsgestalt und Wahlrecht an in Bezug auf wirkunsvolles Überleben.

Kapitale Fehler müssen von *Mir* ausgemerzt und ausgebügelt werden.

Goldfinger hast du, welche das beschreiben, was du Bist in deinem seinsbesonnenen Agieren.

Ich warne dich vor dem Zuviel und pusche dich aus dem Zuwenig liebevoll und rigoros.

2.5

Qualität von *Meinem* Sinn und Geist soll dich bis in die
letzte Faser deines Menschenseins beleben.

Was war, hat dich zu dem gemacht, was du nun Bist und
was dich weiter treibt in sagenhafte Höhen.

Bist du auch frei, so hast du Meine Seinsgesetze strikte
zu befolgen.

Ich konstatiere, dass du dirs schon zweimal überlegst,
ob du ohne Mich kutschieren willst, in deinen bunt-
gescheckten Demonstrationen.

Edelmut allein genügt noch nicht, um ganz in Meinem
Sinnkreis aufzugehn.

Ich will und will dich raschestens in *Meinem* Ballraum
tanzen sehn.

Was Klugheit ist, brauch Ich dir nicht vorherzusagen,
doch das Weisesein läuft dir beständig hintennach.

Mit deinem Können könntest du dich ohne weiteres in
Meinem Reich und Reichtum etablieren.

Gewinnend musst du sein, um schliesslich
alles zu gewinnen.

Das Manierliche hat immer Vorrang und Debut
vor Meinen Strahlenaugen.

Wenn du dirs überlegst, kannst du von A bis Z mit
Meinen Kugeln in der Hand spazieren gehn.

Willst du, so will auch Ich in deinem Wesensein
blitzblanke Ordnung halten.

Parallel zu deinen Gütern häufe Ich die Meinen an, um
sie dir in Freundschaft und Gelassenheit zu übergeben.

Tonangebend ist bei Mir das Universendenken
und soll es auch in Kürze bei dir sein.

Den Begriff des Einsseins mit Mir will Ich ohne jeden
Vorbehalt in deine helle Seele pflanzen.

Ich verschaffe dir Gelegenheit, dich voll Begeisterung
und Lebenslust in Meinen Gärten zu ergehn.

Das geht nur so: ein Tauschender tritt vor dich hin und
bietet an, was er errungen hat in seinen besten Tagen.

Dein Kernproblem ist das Entfremdetsein von Mir und
Meinen virtuosen Eskapaden.

Wonach du trachtest habe *Ich* in dein empfänglich Herz geschrieben.

Du Bist im besten Falle Mein Kumpan, den Ich Mir zur Gemeinschaft ausersehen habe.

In Liebe geboren, in Liebe vereint sind die Gezeichneten des Seins in allen Götterregionen.

Deine Wirren sind vorbei, sowie du *Mich* in deinem Werk und deiner Wirksamkeit gefunden.

Des Lobens ist kein Ende, wenn es darum geht, Meinem Weltenwerk den Siegeskranz zu winden.

Heftig muss dein Stottern sein, wenn du beginnst die Vielfalt Meiner genialen Werke aufzuzählen.

Ich bewerte scharfen Auges, was du so vollbringst und habe dauernd was zu korrigieren.

Von Edelmut und Sittenstrenge, Heiterkeit und Seinsgewissheit will Ich von dir reden hören.

Was dir gefällt kann nicht in jedem Fall auch Mir gefallen, denn ehrenvoll und redlich muss es sein.

2.6

Aus dem, was du dir Bist, kannst du dir erklären,
was Ich Bin, im Universenweltgewoge.

Ohne Mich kannst du nicht sein und mit Mir
fühlst du dich wie neu geboren.

Was sich schickt, hängt stets von deiner Ansicht ab
vom Leben.

Ich kontrolliere deine Zaubereien und heisse nur
die angemessnen gut.

Was ewig wirkt hast du allein Mir zuzuschreiben.

Ich teile deine Ängste, doch Ich teile sie mit Mass.

In Meinem Geistraum herrscht elysische Gelassenheit
und somnambule Ruh.

Nichts steht dem Nichts entgegen, das Ich Bin, von deiner
Warte aus gesehn.

Elliptisch sind die Bahnen Meiner Kunst,
das Weltall zu durchschiessen.

Mein Sein ist Sinn, Gelassenheit und Frieden.

Unendlich heil ist, was Ich Bin, in der Gewissheit
Meiner Geisteszüge.

Wie willst du die Kontrolle über dich behalten, wenn du
ständig ausflippst ins gedankenlose Nirgendwo?

Wo Ich immer Mich befinde,
Ich treffe nur Mich selber an.

Reserviertsein ruft nach Restauration.

Licht und Harmonie sind Meines Wesens Attribute
wunderbar.

Im All der Welten Mich zu finden fällt mit der Geburt ins
Ewige zusammen, feierlich und morgenschön.

Der Wille, mit Mir selber eins zu sein, begründet,
was Ich Bin, im unendlichen Allhier.

Im Numinosen lasse Ich Mirs wohl gefallen,
ohne nach Verwirklichung zu fragen.

Die Kenntnis Meiner selbst bewirkt unendliches
Vertrauen in des Seins beglückendes Genügen.

Von Gestaltung und Gestalt ist bei Mir nicht zu reden,
doch von reinen Lichtes Gegenwart und Harmonie.

Des Handelns bar errichte Ich in Meiner Seinspotenz,
den Urgrund Meiner Schöpfertaten.

Gewaltiger der Sphären Bin Ich aus Mir selbst
als Geistesblitz in sie gefahren.

Nicht von Meiner Eigenart berührt, berühre Ich
das Weltenwerden in holdseliger Manier.

Was *Ich* begriffen habe, zeitigt Ruhe und Gelassenheit
im Allgemach der Geistessphären.

Nicht von Siegen redet, wer schon immer
über allem stand.

Im reinen Sein, das Ich Mir Bin, bestätigt sich
die Urgewalt, mit der Ich vor Mir selbst erscheine.

Nur die Absicht, nicht die Tat, ist Meiner würdig
hinter Universenweiten.

Was freut dich so an Mir?
Ich hab Mirs abgewöhnt, es laut zu sagen.

Was glaubst du, dass Ich so empfinde?
Meinem Sein ist alles eingeschrieben.

2.7
Erlauchtes ist nicht leichthin zu geniessen,
es komme denn von Mir.

Mageres wird fett und Fettes mager im gerechten
Seinsverteilen.

Klage niemand an wofür du selber dich zur Rede stellen
solltest.

Mitunter scheint die Welt enorm zu beben, doch in
Meinem Kontex zieht sie seelenruhig ihre Bahn.

Generös zu sein bedarf es starker Nerven wie die
Überzeugung, dass in Mir nichts fehlen kann.

Beweisen lässt sich bei Mir alles,
sieh dich vor!

Meistergrade zu erwerben hüte dich, es sei denn Meine,
auf des Seiens gloriosen Spuren.

Verfehle nicht das Ziel, indem du dich ins Eigensinnige
verirrst.

Schon mancher ist dem Trug erlegen, auf dem Glatteis
sicher vorzugehn.

Kommst du zum Zug, vermeide es, zu grosse Schritte
aufzugleisen.

Mit Mir vereinen sich die Kräfte unbedingt
zu überirdischem Gewalten.

Die Katze frisst die Vögel nicht, der Federn wegen;
fange niemals, was dein Magen nicht verdauen kann.

Minutiös Bereitetes kann eines kleinen Fehlers wegen
doch fallieren.

Verlasse dich auf niemand, dass er dir im Notfall
aus der Patsche helfe.

Beschränke dich auf weniges, damit
Ich dir alles bescheren kann.

Kennst du *Meine* Ansicht von der Welt in deinem
behäbigen Busen?

Womit kann Ich dienen? Eh du gepocht hast, frage Ich:
willst du der Erste oder dann der Letzte sein?
Allen weiss Ich würdig zu begegnen.

Klappt es mit Mir, so muss es auch mit dir
zum Klappen kommen.

Vermische nicht, was rein erhalten werden soll.

Klein und kleiner wird der Abstand zwischen dir und Mir
im Über-dich-Verfügen.

Merkst du etwas, kann es nur von Meiner Seite kommen.

Klärt sich der Himmel auf, hab *Ich* ihm
Meine lichte Klarheit hingegeben.

Was wird noch alles in dir stecken, wenn man deine
Psyche tüchtig untersucht.

Trägt die Trauer dich von dannen,
findest du gerechten Trost in Mir.

Zügle deine Wünsche, oder besser:
lass sie vollends fahren.

Befreie dich von allem Fragen,
und das Freisein wohnt in dir.

Dein Hoffen wird von Mir empfangen und erfüllt
im himmlischen Azur.

Das Spielerische bringt Entzücken in die gute Stube
Meiner Seinsregie.

Immer voran befiehlt der wache Geist
in seinem Selbstgenügen.

2.8
Missest du mit *Meiner* Elle, werden alle Dinge
universenweit und wunderschön.

In der Kombuse wankt die Welt dem Ziel entgegen;
in Meinem Mich-Umkreisen nimmermehr.

Mangel an Bewegung kennst nur du, derweil *Ich* Mich
galant durchs Sternenall manöveriere.

Trinklust kann nur an der Quelle
regelrecht befriedet werden.

Was meldepflichtig ist, soll auch von deiner Seite nicht
missachtet werden.

Liebliches ist immer mit Vergnügen anzusehn,
im Kinderwagen.

Posthum ist alles viel erbaulicher gewesen.

Katzebuckeln kann nicht schaden, wenn der König
auftritt im Café.

Kreierst du Kapriolen, kann dich dabei viel
Ungebürliches ereilen.

In der Gemeinde weisser Väter muss man auch
ein Schuppel schwarzer Schafe gelten lassen.

Thronfolger müssen in der Regel vor der eignen Würde
barfuss gehn.

Wer kommt dir zuhilfe, wenn dein Boot
zu kentern droht?

Wofür kannst du garantieren,
wenn man dich zu vieler Schulden überführt?

Das Prächtige an sich ist schon alleweil
bestaunenswert gewesen.

In der Schulung seid ihr alle,
lebelang von Mir.

Beides ist vonnöten, die erste Geige
wie den Kontrabass zu spielen.

Könntest du Mein Angebot durchschauen,
veränderte das gründlich deinen Lebensstil.

Hast du Watte in den Ohren, dass du dich keinen Deut
um Meinen Anruf kümmerst?

Ohne weiteres geschieht nicht viel, nur *Ich*
kann alles weiterbringen.

Machst du dir Sorgen um dein Wohl,
bei Mir kannst du es gratis haben.

Wie schön du singen kannst,
wenn es nur Meine Lieder wären.

Kaum einer kennt sich selbst so gut wie Ich.
Da kannst du noch was lernen.

Gibt es Troubles, findest du Mich leichthin im Allhier.

Mit Schwung und Rasse kommst du leichter
zum ersehnten Ziel.

Wozu verzagen, Ich habe stets im Griff, was dich betrifft
im turbulenten Leben.

Unbequemes macht dich erst so recht gelehrig
im Verwerten deiner Werteschar.

Auch moderates kann sich gut bewähren,
wenn es unter *Meinem* Blick geschieht.

Beweine deine Welt nicht mehr,
lass sie in Poesie versinken.

2.9
Deiner Weisheit will Ich mit der Meinen
auf die Beine helfen.

Was geschieht, wenn du befreit bist von den
Lebensnöten? Du hast dein wahres Sein berührt.

Dein Mustergültiges verblasst vor Meinem
simpelsten Genügen.

Trägst du deine Wunder zu den Sternen,
doppelt schön erglänzen sie.

Was verlangst du noch von dir,
wo doch *Mein* Verlangen dir genügen sollte.

Klösterlich in dich geschlossen,
weltoffen Mir.

Auf Mich eingestimmt wirst du nichts andres mehr
verlangen.

Was dich schwer deucht, kann *Ich* noch mit Leichtigkeit
ertragen.

Ohne Kummer geht es nicht, damit Mein Trost dich
überfahre.

Was *Ich* von dir erwarte ist noch lang nicht alles
was du siehst.

Beklagenswert ist nur, was du Mir vorenthältst
in deinem Rasen.

Verwirf, was dich behindert und empfange von Mir
deines Freiseins Flexibilität.

In Verbindung Bist du alleweil mit Mir, nur musst du ihr
Beachtung zollen.

Bekennst du dich zu Mir, kennt Meine Sorge um dich
keine Grenzen.

Die besten Früchte hängen meist im Himmel oben.

Deine Grösse wird von Meinem Wohlverstand
a jour gehalten.

Posthum wird nicht viel anders werden,
nur die Knochen sind begraben.

Der Monarch ist sich gewohnt, das letzte Wort zu führen;
Ich führe alle vor Mir her.

Grosse Dinge sind für dich ans Irdische gebunden,
für Mich ans ewige Gedeihen.

3

Seinsvollendung
ist die höchste Tugend

3.1

Du kannst dir selbst gestohlen werden,
wenn du dich *Meinem* Blick entziehst.

Sieh dich vor: Woran du hängst, kannst du dich auch
Verhängen.

Versäumst du *Mich* zu fragen, lass Ich dich im eignen
Safte schmoren, bis sich dein Erinnern allgemach erholt.

Der Redliche erwartet von dem andern
Redlichkeit und spürt den leisesten Betrug.

Seinsvollendung ist die höchste Tugend, die es
zu erreichen gilt, im Lauf der Inkarnationen.

Qualität von Gottes Gnaden wird dir in den Schoss
gelegt, du brauchst sie nur zur Hand zu nehmen.

Vermummte zu durchschauen
lehr Ich dich in Meinen Fibeln.

Mondsüchtige sind fähig Dachgiebel zu beschreiten, aber
nur solange sie sein Schimmer vor dem Sturz bewahrt.

Gläsern sind die Quallen, hauchzart und zierlich
anzusehn, doch nicht geeignet zum Berühren.

Was hab Ich dir erzählt vom Wind am Knusperhäuschen?
Hungrig ist er immer noch.

Fad und fahrig fährt dein Finger übers Lesebüchlein,
ohne viel darin zu finden.

Masterpläne sind bei dir en vogue in rauhen Mengen,
Mir genügt ein einziger für`s Universenschaffen.

Was du wirklich nennst, ist vor Meinem Schauen
nur ein trügerischer Wahn.

Katapultieren willst du dich. Versuche es in *Meinem*
Kontex und Verfahren.

Lebendiges in deiner Welt ist stets dem Untergang
geweiht, in Meiner blüht ihm Auferstehn.

Rate mal wer nach dir kommt, wenn du vergangen bist.

Am besten wirst du dich vom Stress erholen,
wenn in seinem Milieu nichts mehr zu holen ist.

Kurioses lässest du an dir geschehn, bis die Lebensdinge
dich so recht geschoren haben.

Den Unverstand hast *du* erfunden,
das Belächeln stammt von Mir.

Gewisse Dinge sind kaum auszuhalten,
Meine Wohlfahrt aber glättet sie.

Was es heisst zu streiten, ist dir recht geläufig,
doch für den Frieden bist du nicht zu haben.

Bagatellen schaukeln dich mehr auf als kapitale Stösse
in des Lebens Sammelsurium.

Markante Gesichter bleiben bei Mir haften, belanglose
fallen durch in Meiner täglichen Inspektion.

Wo anders als in Mir kannst du konstantem Frieden
froh entgegengehn?

Sachverstand allein kann dir nun nimmermehr genügen,
nur dein Seinsvertrauen findet bei Mir Beifall und
verdientes Lob.

Spute dich, den Lorbeer zu erringen,
vor er welk wird neben dir.

Kindlich sind noch viele deiner Taten,
wann wirst du wohl erwachsen sein?

Mir mangelt nichts, sagt mancher und beginnt dabei
sein Haar zu kratzen.

3.2

Töricht ist so mancher Geck, mit einem Lächeln
auf den Zügen.

Was seine Weile hat, soll nicht mit Eile
angegangen werden.

Mehr oder minder wichtig scheint Mir, was du täglich
angehst, um es prächtig hochzuhalten.

Mit scheelen Augen schaust du manches an, wofür
du selber dich der Scheelheit zeihen müsstest.

Wohlan, es geht um vieles, auch bei dir.

Nicht wahr, du bist noch viel zu viel mit dem behaftet,
was du einstens warst.

Kommunikation ist gross geschrieben in der
Seinsgeschichte, die *Ich* dir zu Füssen lege.

Kaum hörst du auf zu träumen, schlage Ich vor dir
gewaltige Töne an.

Das Ritterliche soll auch dich beschäftigen,
konsequent und zirkular.

Magst du es süss, so kann dir mancher
deine Suppe doch versalzen.

Nur immer zu, Ich trage zum Gelingen bei
in meisterlichen Zügen.

Berichterstattung darf vor Meinen Augen nicht so
liederlich geschehn, wie in den gängigen Journalen.

Wen wundert es, dass dir das Leben zweifelhaft
erscheint, derweil man ständig seine schlechten Seiten
kolportiert.

Kaum einer kennt sich selbst, doch will *Ich* alle
eines besseren belehren.

Ohne Meinen Beistand kannst du deinen ganzen Kram
vergessen.

Wie billig bist du doch zu haben, wenn es um dein
lockeres Gewissen geht.

Ohne Aufwand kein Ertrag,
ohne Zirkus kein Vergnügen.

Bei Mir sind Solitäre erst im Sternenreich zu haben.

Was ist nützlich oder unnütz kann nur Ich bestimmen
in der Weisheit Meiner Kombinationen.

Vor und nach Mir gibt es gar nichts
von wahrhaftigem Bedeuten.

Die Gelegenheit zum Reüssieren ist für dich
beständig da, du musst sie nur ergreifen.

Was tröstlich ist, sind die Rabatten, vollgespickt mit
Blumenpracht an deinem bittern Wege.

Wer versammelt sich um dich in deiner Not,
wenn nicht Mein schützendes Gehäuse.

Nur *Ich* gewinne die Partie,
du magst sie noch so gut bestreiten.

Keine Wende ist für dich so wesentlich, wie die zu
Meinen Geistesgärten.

Das Selbstverständliche erklärt sich dir in wohlbekannten
Präsentationen.

Mehr Schwung und Rasse käme dir auf jeden Fall zuerst
zugute.

Was Vernunft ist, muss Ich dir nicht sagen, aber unvernüftig bist du doch.

3.3

Kaum begonnen, gibst du`s schon verloren, welche Narretei.

Was treibt die Leute ins Verderben? Ihre Unbekümmertheit im Pläneschmieden.

Das Beste was dir je geschehen kann ist der Verzicht auf allzuviele Güter.

Kannst du ermessen, welche Lust es ist, bewusst im Sein zu weilen.

Die Kandidaten für Mein Werk sind schon seit Urzeit dafür auserkoren.

Reibungslos kann nichts und niemand über Meine Bühne schreiten.

Die besten Wächter sind von Mir an deine Tür gestellt.

In Meiner Gegenwart brauchst du dich nicht zu zieren.

Schwankende Gemüter kannst du viele haben, Meines gehört nicht dazu.

Wem gehört die Welt, wenn nicht den Überwindern ihrer eignen Parodie.

Du magst allerhand behaupten, den Kern der Sache triffst du nie.

Wieviel Erfahrung brauchst du wohl,
um keinen Unsinn mehr zu inszenieren?

In der Formel eins will jeder fahren, der etwas auf sich hält, und schafft er's nicht glaubt er, versagt zu haben.

Penibles wird so lang verborgen, bis es ans Licht gezerrt wird, von den selbstgefälligen Ganoven.

Mitunter schlagen auch bei dir die Wellen hoch,
im kleinlichen Getriebe.

Wie kannst du nur so bieder denken von der menschlichen Natur.

Klammerst du dich aus, wird dich sogleich ein böser Geist umklammern.

Wohin du immer schaust, wirst du im Weltlichen auf Unverständnis stossen.

Kapitale Fehler musst du nicht in Meinem Resort suchen.

Was immer dir gelingt,
ist Mir schon längst gelungen.

Wann hast du Meinem Sein und Sinnen
einen Lobgesang gesungen?

Geringes wird oft unterschätzt in seinem Seinswert
hoch erhaben.

Gehst du voran, gelingt es dir, enormen Kraftfluss
freizulegen.

Nicht nur die Leistung zählt, auch dein blosses Dasein,
energiegeladen.

Bei Mir läuft alles anders als die klügsten Köpfe meinen.

Was ziehst du vor: den gemeinen Wortschwall oder
Meines Deutens Zauberkraft und Stil?

Das Ewige hat Mühe, sich mit dem Festgefahrnen
zu vermählen, vice versa noch viel mehr.

Einbläuen will Ich dir, wie man sich recht benimmt,
einer Gottheit gegenüber.

Wie pflegst du dich zu schmücken,
wenn nicht mit den Federn, die *Ich* dir vermittelt habe.

Wo die Sitze sich berühren, muss es nicht auch
die Nasenspitze sein.

3.4

Das Ebenmass erreichen wirst du nur in *Meinem* Reich
der tausend Wohlgefälligkeiten.

Bestechend ist der Hofknicks, den du gelernt hast
vorzuführen, bei Mir jedoch zählt nur das genuine
Wohlverhalten.

Die Schande sollst du dir ersparen, Meine Gegenwart mit
deinem Lebensfrust zu hintertreiben.

Weiterführende Gedanken sind besonders dazu angetan,
Mein Wohlgefallen zu erregen.

Isola Bella soll der Name deiner Welt sein,
vor den vifen Götteraugen.

Das bange Warten auf ein Etwas nützt nicht viel,
gescheiter lässt du *Meine* Kräfte in dich fahren.

Bist du herangereift in dir,
kann *Ich* dich übernehmen.

Bestenfalls wirst du ein kluger Kater,
solang du *Meine* Weisheit nicht gerochen.

Direkt mit Mir verbunden sein heisst für dich:
dem Universum angehören.

Kronzeuge deiner selbst Bist du in Meinem Umfeld
und Talar.

Konkreten Einfluss kannst du nur im Zuge
Meiner Grazie nehmen.

Öffne deine Arme und verlange nichts als Mich
in deinem Herzblut zu empfangen.

Was gibst du Mir, wenn Ich Mich dir vergebe?

Bleich bist du, doch ohne noch das letzte,
geschweige denn Mich zu bedenken.

Komisch ist nur, was du komisch findest,
ohne Mich zu fragen.

Was nützen dir Trompeten,
wo die Leute gar nichts hören wollen.

Das Maiensäss ist nichts für schwache Nerven,
wenn die Bienen stechen ins Gesäss.

Bleibst du zurück, so wirst du bald von Motten
angefressen.

Die Kühe helfen dir mit ihrer Milch
den Alltag leichter zu ertragen.

Was du in Gold verwandelst
schmückt dich nur zu schön.

Überkleistre nichts,
was dir noch gute Dienste leisten könnte.

Geliebt zu werden macht das Leben attraktiv und
siebenschön.

Nur immer zu, die Ernte wird schon kommen.

Drollige Kinder lass drollig sein,
ohne sie zu kopieren.

Was macht es dir aus, einwenig auszuruhn,
statt immer nur herumzustreunen.

Die Spatzen lieben Reis vor allem, weil es
körnchenweis serviert wird.

Selbst die Hunde finden das Frustfressen attraktiv.

Kennst du dich aus in Sachen Tee, kannst du ein
guter Theologe werden.

3.5

Im Vordergrund tritt manche Hintergründigkeit zutage.

Kopfrechnen strengt die Handyfritzen ganz besonders an.

Doppelt mühsam ist es, vom Erliegen wieder aufzustehn.

Wer die Vielfalt liebt, soll nur in einem Bazar
fischen gehn.

Die Sterne blinken jedem ohne Unterschied
ins Herz hinein.

Vorzüglich ist auch nachzüglich
mit dem Abfall den es produziert.

Das Kerngeschäft versucht, sich kräftiger zu etablieren
derweil die Nebenbuhler flöten gehn.

Nichts Gescheites triffst du an,
wenn`s die anderen verlassen haben.

Was röhren die Hirsche in die Waldung hinein:
Ich komme, mir den besten Schmaus zu holen.

Kampflos darfst du dich auf keinen Fall ergeben.

Wo die Äste knacken, kommt ein Feind geschlichen,
sieh dich vor.

Dein Renommee ist immer auch mit einem Negligé
verbunden.

Nicht von gestern sollst du sein, aber heute wollen alle
in der Zukunft leben.

Kaum zu erwarten sind die fake news,
welche täglich in der Zeitung stinken.

Liebst du Kinder,
sei so innocent wie sie.

Klar bleibt nur das Brillenglas,
Klarsicht musst du selber üben.

Momentan sind deine Zähne blendend weiss,
wer weiss, wann sie auf einmal bunt gestrichen werden.

Die Kenntnis deiner selbst ist eine wahre Gottesgabe,
wenn du nur die rechten Schlüsse daraus ziehst.

Mit dem Alter hörst du auf,
auf alles ungeniert zu pfeifen.

Meine prächtigste Devise: Kalte Füsse sollst du mit
Vertrauen und Courage durchbluten.

Dofe Leute sind geneigt sich, wenns Not tut,
aus dem Staub zu machen.

Trage niemand etwas nach,
es könnte dich zum Stolpern bringen.

Musik für deine Ohren ist, im Gehn,
der Klick der Stempeluhr.

Woher beziehst du deine Weisheit,
wenn nicht von der Meinen.

Löffelst du zu gierig,
hast du`s wieder auszulöffeln.

Dein Betragen sei der Würde angemessen,
die *Ich* in dir begründet habe.

Wolltest du nicht baden gehn?
Dort wird es merklich kühler seim.

Die Kraft der Hoffnung wird dich zielgerichtet
weiterführen.

Scheint die Sonne, ist auf einmal alles wieder gut.

Was Ich dir erzähle
lässt dich nicht mehr in den Federn träumen.

3.6

Wohltäter können, wenn sie sichs nicht überlegen,
auch dem Miserablen Vorschub leisten.

Sieh zu, dass du vom Wind nur angeblasen,
aber nicht verweht wirst.

Was dich betrübt, soll niemand anders auch betrüben.

Bist du's gewohnt zu reden, leg dir schleunigst
auch das Schweigen zu.

Beliebiges soll dich nicht fesseln,
auf des lieben langen Lebens Spuren.

Ahnst du, wie sehr Ich dafür sorge, dass alle deine
Wünsche in Erfüllung gehn.

Vermute nichts, damit du nicht auf Schleuderkurs gerätst.

Für jeden Missgriff musst du doppelt viel bezahlen.

Glaubst du dich sicher, kommt doch einer, der nichts
wissen will davon.

Was dich erregt ist stets ein Zeichen der Missachtung
Meiner Lehren.

Verschlingst du Bücher, sieh dich vor,
dass sie dich nicht verschlingen.

Hand in Hand geht deine Bitte mit der Meinen
aufs Tunlichste erhört zu werden.

Das Globale ist herzinnig mit dem Kosmischen
verbunden.

Was richtest du dich ein,
noch ohne nach dem Wie zu fragen.

Was Ich von dir erwarte ist ein Herz voll Heiterkeit
vor Meinem Schöpferstil.

Nun kannst du ruhig schlafen, nachdem Ich dir
den Seelenschmerz gemildert habe.

Die Meinen sind von Mir verwöhnt
bis in die letzten Bastionen.

Poltergeister sind bei Mir verpönt, weil sie der Evolution
zuwider laufen.

Wem du gehorchst, wird dich gewiss
nach seinem Bilde formen.

Grosse Pläne sind oft weniger bedeutsam als
bescheidene.

Was macht am eh`sten Schule
als der rechte Ton im Umgang mit den Massen.

Dein Kauderwelsch berührt Mich nicht in Meinen Tiefen.

Es bläst der Wind die losen Blätter vor sich her;
wohin wird er dich treiben?

Willkür findet dort den Meister, wo *Ich* ihr
auf die Füsse trete.

Wann beginnt das Rennen?
Nachdem *Ich* den Anpfiff inszenierte.

Es koste was es wolle,
die Sturen wollen drüber gehn.

Ich forste wieder auf, was du verdorben hast
mit deinem Wüten.

Fromm sein ist auch eine gute Tat, sofern sie Mir gilt
in der Folge deiner Überschwänglichkeiten.

Wo sich die Wege kreuzen, ist Unruh oder Wonne
programmiert.

Kann man denn so dumm sein
und seine Haut für einen Pappenstiel verkaufen?

Wie rührend sind die Kälber anzusehn, derweil sie sich
zur Schlachtbank führen lassen.

Ohne Zündstoff lassen sich die Liebesfeuer
nicht entflammen.

Eben noch sah sie sich nakend vor dem Spiegel und
schon ist wieder eine Dame mit Format aus ihr geworden.

Die Kontrolle über dich behalten wäre schon
der Rede wert, wenn es die denn gäbe.

Alles süsse soll zumindest eine Prise Bitterkeit enthalten.

Wogegen du dich sträubst, ist meist mit deiner eignen
Dürftigkeit beladen.

Kriegst du Kringel an den Haaren,
könnte es auch auf die Handschrift gehn.

Vortreffliches hat auf die Dauer immer Vorrang vor dem
Biederen, mag dieses noch so kräftig um sich schlagen.

Was willst du noch? Ich habe dir schon alles,
was du brauchst, dahingegeben.

Sündenböcke kann man überall erfinden, doch die
Sünden heilen nicht davon.

Bist du dem Seil, an dem du baumelst, nicht zu schwer,
wird es dich gütlich in der Schwebe halten.

Der Genuss bringt bald einmal Verdruss,
wenn er überbordet wie ein Trampeltier.

Künstliches erweist sich als gekünstelt,
wenn ihm der Charme der Himmelweiten fehlt.

Noch lange wirst du lachen, wenn einer einen wirklich
guten Witz zum Besten gab.

Die Betroffenen sind eh dazu geneigt, in der Folge wild
um sich zu schlagen.

Nichts ist wirklich unnütz, es sei denn, du hattest es
aus purem Eigennutz getan.

Klösterlich mutet es an, wenn du zu Hause bleibst,
statt währschaft zu verreisen.

Willst du einen Ehrenplatz bei Mir erringen,
hüte dich davor, mit Weltmanieren aufzutreten.

„Folge mir", sollst du zu niemand sagen,
wenn er's nicht von selber tut.

Platziere dich nur dann zuvorderst,
wenn du aufgeboten wirst dazu.

Versuche niemand einen Strick zu drehn,
er könnte deine eigne Gurgel zieren.

Das Finale steckt oft
unter dem erhofften Resümee.

Beliebig oft kannst du nicht ohne Schaden
über deinem Standart konzertieren.

Dein Weh und Ach wird rasch geheilt
mit ein paar muntern Lächelzügen.

Sitzest du im Trockenen, kann dir mit einem
Regenguss geholfen werden.

Was führt dich zu Mir her?
Wohl dein Geschmack an Zauberkünsten.

Kann man deine Seele wohl
als koscher titulieren?

3.7

Was kann dich mehr entzücken als der Wahn,
du habest fortan nur noch deine faule Haut zu pflegen.

Sprudeln dir Gedanken zu,
musst du sie auch zu nutzen wissen.

Fair play ist immer angesagt,
wo sich Mindere in deinen Schutz begeben.

Wohl oder übel musst du vor Mir hergehn
in die Weiten der Unendlichkeit.

Was dich treibt ist immer auch der Ehrgeiz, mehr zu
gelten als die Umwelt menschlichen Genies.

Transparenz in allen Lebensdingen hilft dir, sie von
Grund auf zu begreifen.

Bejahe was dich fordert,
so wird es dir zum Heil gereichen.

Unternehme nichts gedankenlos, es könnte dich
ein Zähnchen kosten.

Rabatt gewähren ist nur gut, wo auf der andern Seite
die Moneten zu dir fliessen.

Königlich einherzuschreiten gebührt nur jenen,
die sich auf den rechten Takt verstehn.

Wirklich kleidsam ist an dir nur,
was du als Erwachter präsentierst.

Kann es sein, dass du in Sachen Esoterik
noch in den Kinderschuhen operierst.

Wie gerne würde Ich dich zu den Vollbewussten zählen.

Das Reich der Mitte ist dein Herz und
dein herzinniges Benehmen.

Was klagst du stets dich selber an,
um andre hättest du viel mehr zu klagen.

Ich Bin bedächtig
über allem etabliert.

Mein Weltbewusstsein weitet sich von Tag zu Tagen.

Was bewirkst du, wenn du wirken willst
im Wirkkreis deiner Dispositionen?

Ich geruhe, Mich als das zu präsentieren,
was Ich Bin, im Weltgewissen.

Ahriman verführt dich dazu, ihn zu lieben.

Halte dich an Christus, damit Ahriman dich nicht
verführen kann.

Was du dir leisten sollst bestimme Ich
mit Nachdruck, unverhohlen.

Nur immer zu, Mein Stern wird nie verblassen über dir.

Grosser Anlass, kleine Wirkung,
wenn er nicht von Mir gesponsert ist.

Minutiös erforschen sollst du deines Seins gewaltiges
Potenzial, um daraus den besten Nutzen zu
erzielen.

Magisch zieht dich Meine Umsicht an,
derweil du suchst ihr auszuweichen.

Was fordert dich so sehr heraus?
Meines Konterfeis bedeutungsvolles Strahlen.

Verschwiegenheit bewahrt dich vor dem Fall
ins Kritisieren Meiner Dispositionen.

Wessen bist du kundig,
wenn Ich dich direkt befrage?

4

Dem Teufel klappern beide Ohren

4.1

Dein Leumund mag noch tadellos erscheinen,
Meinen wirst du nie erreichen.

Deine stillste Stelle sei dein Herz
worein Ich Mein Gedankenheer verströme.

Das Unmögliche wird von Mir
schon mit linken Hand getan.

Misteriös ist deiner Worte Sinn,
verglichen mit dem Meinen.

Klaren Wein willst du verkaufen,
dann schenk ihn Mir erst ein.

Wie willst du Mir erklären, was du gar nicht weißt
in deinen Unvollkommenheiten.

Bist du selbst davon betroffen,
wird dein Urteil gründlich revidiert.

Kaum einer wird dich rügen, wenn du ihn gehörig lobst
im Zuge seiner Eitelkeiten.

Wie willst du dich verpflanzen, wenn du noch
in kräftevollen Wurzeln stehst.

Wo kann Ich dir noch helfen?
Im Gestalten deines übersinnlichen Begreifens.

Willst du lächeln, lächle deiner Unbeholfenheit entgegen.

Was dich einfärbt sei die Farbe der Vernunft
von Meiner sinngeladnen Präfektur.

Was die Redlichkeit gebiert ist ein stetes Weiterrücken,
Meinem Wohlverstand entgegen.

Mitten in der Drangsal wird dir das Bewusstsein Meiner
Gegenwart unendliches Relieve bereiten.

Keine Wendung, ohne dass *Ich* Mich dafür verwende
in der Welten Ansatz, Grazie und Wohl.

Frägst du Mich, so kann Ich dir die einzig rechte Antwort
geben.

Was lehrt dich die Geschichte, wenn nicht Mässigung
und Weisheit in unendlicher Manier.

Kraft von Kraft lass Ich getreulich in dich strömen
aus der Lauterkeit der Geistessphären.

Graziöse Fürsprach will Ich für dich leisten, wenn du nur
begreifst, wie sehr Ich deinen Wunsch danach entbehre.

Willst du Klarheit, kläre Ich dich auf in Sachen
Kühnheit des Dich-selbst-Verwaltens.

Dass du ewig währst, will Ich dir unentwegt
vor das erstaunte Augenmerk drapieren.

Gute Nachricht für dein Kommen: Du bist sehr
erwünscht in Meines Universenseins Revier.

Bare Klugheit ist vonnöten, um dein wahres Sein aus
soviel Blendwerk und Verstiegenheit herauszufischen.

Nota bene ist dein Ruf bei Mir noch kräftig
nachzubessern, bis er sitzt in würdiger Montur.

Ohne weiteres kann Ich dein Wesensein
nicht weiterführen. Eine rechte Dosis deinerseits
gehört entschieden auch dazu.

Dem Ursprung aller Dinge nachzugehn ist deine Pflicht,
sowie dein edelstes Vergnügen.

Ohne rechten Einsatz ist bei Mir nichts zu gewinnen.

Wessen rühmst du dich, noch ohne Mein Geschenk
an dich erwähnt zu haben.

4.2

Das Innerste nach aussen kehren sollst du nur
vor Meines Angesichtes Strahlen.

Den Mittelweg zu finden und zu gehn
ist eine Grosstat ohnegleichen.

Das Auftakeln zieht sich tüchtig in die Länge,
abgetakelt ist im Nu.

Nimm Mir's nicht übel, wenn Ich dir dein
Unbeholfensein beständig unters Näschen reibe.

Nichts ist zwecklos, selbst wenn du, mit aufgesetzter
Brille, sie im ganzen Hause suchst.

Spätestens um fünf vor zwölf
solltest du ans nahe Ende denken.

Komm Mir nicht zu nah,
du könntest dir die Fingerchen versengen.

Wer schwören muss
wird selten eine weisse Weste tragen.

Postwendend schicke Ich die Grüsse dir zurück,
die du an Mich verloren.

Wer partout heuen will, soll es auf *Meine* Bühne laden,
per favore.

Gehst du spazieren, versuche doch für einmal
auf dem Kopf zu gehn.

Mehr als Mich an dich verschenken kann Ich nicht,
geliebte Paukenschlägerin.

Ewigen Gewinn kannst du nur aus der Fülle
des Allhöchsten ziehn.

Wirklich aufgeladen wirst du nur von Mir
und Meiner Herzensgüte.

Der Taler rollt den Berg hinab, du siehst ihn rasch
entschwinden, er hält die ganze Welt auf Trab,
mit denen, die ihn finden.

Was gehn dich Meine Sorgen an, du hast sie nicht
erfunden, und hast sie auch, verehrter Mann,
nicht so wie Ich empfunden.

Grobe Kerle musst du nicht kurieren, aber ihren Auswurf,
guter Mann, mit liebevollem Blick quittieren.

Befehle lassen sich vortrefflich vinkulieren,
was zu peniblem Unheil führt.

Im Zuge des Vereinens aller Gegensätze lasse Ich die
Kontrahenden nach der Fehde friedlich beieinander ruhn.

Das Übermass hat seine Tücken,
das ausgewogene Verhalten glättet sie.

Kommst du zu dir, verbirgt sich alle Angst
vor deinem Heldenmut.

Zutiefst in deinem Herzensstübchen
führt dich Meine Herzlichkeit diskret voran.

Alles weitere wird dich in Meinem Auftrag
inniglich belehren.

Nur die Unbescholtenheit vermag,
sich in Meine Höhn hinaufzuschwingen.

Auf der Mauer sitzt der Bauer und bedenkt,
wo er für seine Kälber Milchfutter hole.

Wenn du dich beklagst, klappern dem Teufel
beide Ohren.

Der Himmel ist in dir, sowie du ihm die Augen öffnest,
im Vorübergehn.

4.3

Womit kann Ich dienen, flüstert dir der Teufel ins
geneigte Ohr, und du stolperst immer wieder seinem
fiesen Lockruf zu.

Widerspenstige sind schwer zu zähmen, es sei denn mit
dem Lockruf: Glück, du hast das grosse Los gewonnen.

Die Stunde der Enthüllung deiner wahren Kräfte naht,
du musst sie nur gewähren lassen.

Weide dich am Sein, das Ich dir in der Glorie
der Universenwelt verliehen habe.

Wie kostbar sind die Zeiten, in denen du dich
selbstbewusst an deinem Sein ergötzest im Allhier.

Mitten in dem Zeitlichen ist es dir vergönnt,
in das Unendliche zu tauchen.

Deine Pläne sind am Kreuzweg mit Mir aufgestellt
dich königlich daran zu laben.

Wer sich wichtig nimmt, hat für Mich
schon allen Reiz verloren.

Bedenke deinen Staub und was sich in ihm und durch ihn
in der Welt verzappelt.

Die Weltberührung rührt zu Tränen, doch der Wind der
guten Hoffnung trocknet sie.

Das Freundliche ist immer auch das Zuversichtliche
in Sachen menschliches Betragen.

Ein Paternoster soll dir nie zuviel sein, wenn es darum
geht, den Rat der Götter einzuholen.

Gehst du schwimmen,
nimm zur Vorsicht deinen Gürtel mit.

Die Grünen sind zumeist die liebevollsten Hüter
der erspriessenden Natur.

Wer sich erdreistet, gegen Mich zu löken,
wird für seinen Übermut sogleich bestraft.

Was immer kommt wird auch vorübergehn
in seinem Faltenwurf und ruppigen Plaisir.

Was geschieht, wenn nichts geschieht? Dein Leben lebt
sich weiter in die kommenden Äonen.

Der Konsens mit dem was *ist*, kann dich vor aller
Widersprüchlichkeit bewahren.

Betreibst du einen Laden? Dann hüte dich vor jenen,
die dir einen besseren empfehlen.

Nicht von mir, doch auch passabel, sollst du den Werken
deiner Vetter zugestehn.

Klagst du über Kälte, wirst du nächstens auch
den Hitzetag beklagen.

Die lieben Sterne über dir animieren dich dazu,
ebenso zu leuchten.

Dein Handeln soll kein Handel
mit dem Unwägbaren sein.

Kennst du die Kunst des lockeren Verweilens?
Dann nimm Mich mit in dein gottseliges Refugium.

Wo willst du deine Runden ziehn? Über oder unter Mir.

Ich gratuliere jedem, der sich zu Mir wendet
in der ärgsten Not.

So wie *Ich* dich kenne, neigst du dazu, Meine Gegenwart
zu ignorieren.

In Mir wirst du die Schwere des Geschicks
im Leichtsinn überwinden.

4.4

Markant und mutig sollen deine Schritte dich zu Mir entführen.

Die Gelegenheit ist günstig, Meinen Aufruf zu begreifen.

Klare Linien führen dich zum wonnevollen Ziel.

Nun gilt es auszuharren, bis die Niederungen überwunden sind im Jubilieren.

Knabenhaft benimmt sich einer, der nicht weiss, worin er sich bewegt. Du aber solltest es gewiss von Mir erfahren haben.

Kräutersammler sind erpicht darauf, nur das Beste aus dem vielen auszulesen; du aber stürzest dich auf jeden Kram.

Dezimal vergrössern kannst du dich in Meines Namens renommierter Attitüde.

Klasse ist, was Ich dem Weltenall zu bieten habe; und was bietest du?

Künftig soll es nur noch Zuverlässiges und Konsequentes für dich geben, dem Einigsein mit Mir entgegen.

Am Rande der Glückseligkeit brauchst du nur noch den
einen Schritt zu tun, um sie für Ewigkeiten zu gewinnen.

Wer sich getraut, ins Unermessliche zu schreiten,
wird von Mir aufs Märchenhafteste belohnt.

Prophetisch schlage Ich die Zukunft vor dir auf und
nehme an, dass sie dein merkliches Gefallen findet.

Das Wunderbare wird beständig mit dem Kleinlichen
verbunden und hat sich zu behaupten über ihm.

Dein Weg führt über manche Klippe
die Ich vor dich hingezogen.

Wer weiss, es könnte jemand, was du aufschriebst,
wieder lesen.

Willst du wirken, musst du erst das Wirkliche erfassen.

Komisch, was die Leute von dir sagen, derweil du doch
so ernsthaft operierst.

Filigran sind die Verbindungen
die kolossale Bündnisse zusammenhalten.

Der Vife weiss, wie er die Schräubchen drehen muss,
um seine Welt im Gang zu halten.

Wer bestimmt, was dir gebührt, soll auch dafür bezahlen.

Mit wohlbedachter Hoffnung lässt sich
manches Ungemach vermeiden.

Wo die Hunde heulen, setz dich lieber nicht zur Ruh.

Hurtig, hurtig huschen die Wiesel übers Stoppelfeld,
du wirst sie nie erhaschen.

Natürlichkeit ist eine Gottesgabe, kaum zu überschätzen,
auch in deinem Resümee.

Was willst du mehr als einen Sinn für
Meine meisterlichen Gaben.

Wohlan, es fehlt dir nichts mehr als der Schneid,
dein Gedankenleben tüchtig auszuspielen.

Zuerst der Sinn und dann die Tat im wohlbedachten Stil.

Wer kennt den Zweifel nicht, ob alles recht bedacht ist
auf die Zukunft hin. Und was gibt dir zu denken?

Das Nützlichste ist oft das Warten-Können, bis die Dinge
sich von selbst erledigt haben.

Der Freie ist auch fröhlich, wenn er seine Lage recht versteht.

Begreifst du was es braucht, um dich im Dasein wirklich zu behaupten?

Der Narr ist manchmal weiser
als der noble Herrscher im Quartier.

Wenn sich das Blättchen wendet,
wirst du es plötzlich estimieren.

Was du zutiefst erkannt hast, lässt dich freier leben.

Generationen seh Ich unverwandt an Mir vorübewallen;
auch die deine zählt dazu.

Willst du kriechen, krieche nicht vor Mir.

Zu spät ist schlimmer als zu früh in deinen Meditationen.

Wenn schon ein geringer Stoss genügt, dich aus dem Gleichgewicht zu bringen, was dann erst ein rabiater.

Woran du knabberst, offenbart die Reife
deines Wesenseins.

4.5

Statt andre anzukreiden,
kreide besser nur dich selber an.

Wachsam sei an deinen schwächsten Toren.

Verängstigt sind nur die, die sich die Schlechtigkeit der
Welt beständig um die Ohren schlagen.

Taube Ohren können nur mit einem scharfen Knall
gehörig wachgerüttelt werden.

Wer sich die Liebe zum Gespan erwählt bedenke,
dass er sich an sie verschenke.

Der Benjamin kann selbst die Ersten überholen,
wenn er an *Meiner* Hand zu Werke geht.

Wer Streit sucht überlege, wem er gelten soll,
in seinen Selbstbezogenheiten.

Es taget vor dem Walde und die Rehlein lecken ihre
Pfötchen für den Morgengang ins frische Gras.

Die Wimpern zucken und die Träne quillt
dem Abschiedsgruss entgegen.

Du lädst Mich dazu ein, dir nachzufolgen,
doch rat Ich dir, dasselbe erst bei Mir zu tun.

Kronleuchter krönen manchen Himmel über
deinem Haupte, und du willst sie nicht gewahren.

Der Mahlstrom der Geschichte zieht auch dich in seinen
Bann und sucht, dich für sich einzunehmen.

Der Holunder blüht in deinem Garten
rieche doch beglückt daran.

Du gleichst dem Wind, der sich verbiegen lässt in aller
Himmel Weiten, ohne sich daran zu stossen.

Für dich magst du gerissen sein, Meinem Blicke jedoch
bist du jeder Narretei Beginnen.

Tröstend rede Ich auf deine Nöte ein,
um bald einmal die grosse Wende zu bewirken.

Wovon du lebst, sind Meine multiplexen Meistergaben.

Ich liebe nichts so sehr, wie nichts zu wollen und zu tun.

Keine Frage, dass du würdig bist,
in Meine Hoheit einzutreten.

Lachst du über dich, so belachst du Meine Majestät
und Mein mustergültiges Verhalten.

Nicht so wie du dir denkst sind Meine Räume aus des
Seins Geruhsamkeit geflossen.

Wissen mögen wir, wer alles sich in uns befindet,
wenn wir lauschend stille stehn?

Wovon wir zehren ist die Kraft,
die wir vom Stillesein erhalten.

Was auf dich zukommt geht recht schlank an dir vorüber,
wenn du`s gewähren lässest in beseelter Harmonie.

Was bewahrt dich vor der Sünde? Eines starken Willens
Weisheit im verführerischen Trug.

Wahrlich sag Ich euch, es sind noch viele ruppige
Verhängnisse zu überwinden auf dem Weg zu Mir
ins beglückende Elysium.

Aus dem Gold der Zeit sollst du Mir wunderbare Kränze
winden.

Köstlich der Gedanke, dass es nichts zu fürchten gibt
in Meinem gütestrahlenden Umfangen.

Ohne Meine Hilfe bist du aufgeschmissen bis zum Gehtnichtmehr.

Der Winter ist vorüber und die Maienluft durchweht dein Herz im Andersartigen.

4.6

Kaum zu glauben wie gewandt sich Meine Flügel um dich legen, wenn du Mir vertraust.

Ohne Rast und Ruh bist du, bis du Mich in dir gefunden.

Ein Kraftakt lässt sich nicht vermeiden, wenn du dich befreien willst von einer tückischen Blamage.

Parallel mit deinem Leben läuft das Meine ab in dir.

Verstehst du was Ich meine, wenn dir die Ohren läuten von der Audienz, die Ich dir leichterdings gewähr.

Machst du mit, so kann Ich dir entschieden auf die Beine helfen.

Nicht die Luft ist es, die dir zu schaffen macht, aber stets dein eigenes Betragen.

Der Grünspecht sieht oft schwarz, doch du sollst dich beständig zu den Hellen halten.

Was *Ich* dir vermittle ist bedeutend mehr der Rede wert, als dein parteiisches Geflüster.

Worauf Ich zähle ist ein offenes Gehör für Meine weisen Explikationen.

Nur nicht verzagen, Meine Seinsdevisen ändern niemals ihren Inhalt und ihr himmelweites Streben.

Es lichten sich die Wälder welche du durchstöberst, alsobald wie *Ich* sie mit intensem Licht durchfahre.

Blanko sollst du niemals unterschreiben, es könnte dir ein Wurm darüberkriechen.

In der Regel sind die Seifenblasen rund und schön, doch was sind sie noch wenn sie zerplatzen?

Wer hortet achte darauf, dass seine Schätze keiner Fäulnis unterliegen.

Wie kannst du nur so wählerisch sein und *Mich* dabei verfehlen?

Was kann dich heiter stimmen, wenn nicht die Absicht, dir Bewegung zu verschaffen.

Wir schmelzen dahin, sowie uns eine liebe Stimme
anrührt im Geheimen.

Willst du wandern, wandere durch Meine Gärten, sie sind
unendlich licht und schön.

Tröste dich mit dem, was Mir dauernd auch geschieht.

Verhalte dich auf jeden Fall wie in deinen besten Tagen.

Die Wirbel um dein Weh lass endlich ganz versiegen,
sie stacheln auf, statt Sanftmut zu gewähren.

Nächtelang magst du am selben Knochen nagen und
dabei ist schon lange nichts mehr dran.

Der Hüterknabe weiss, wohin die Geisslein springen,
doch du vergissest deines eignen Laufens Spur.

Mumpitz faucht der Unvernünftige, derweil du ihm den
Senf dazu verteilst.

Werkgetreu soll alles an dir sein,
nur musst du erst das Werk begreifen.

Du kannst auch nicht immer so geschniegelt,
wie du willst, verfahren, aber selbstgefällig schon.

Wer trifft den Nagel besser auf den Kopf als jene,
die ihn gar nicht treffen wollen.

Wohlbehütet wollen alle sein,
doch sind es nur die Meinen.

Undenkbares ist bei Mir schon längst
ins Denken eingeflossen.

Willst du leben, lebe doch in Mir mit allen Modulationen.

Nebenbei bemerkt: Ich leiste, was du nimmer leisten
könntest, mit unendlichem Vergnügen.

Genau genommen schenkt nur *Meine* Quelle richtig ein
zu deinem Wohl und Wohlbefinden.

Ich halte dich im Schach, damit du nicht im eignen
Dickicht jämmerlich verlorengehst.

Sonderbar, dass du noch nicht bemerkt hast, wie gezielt
Ich dich beständig heimwärts führe.

Hältst du es mit den Meinen, kann Ich dir ohne weiteres
zum Sieg verhelfen.

Wie stehts mit dir? Bist du geneigt, zu Meinen Kumpeln
zu gehören?

Artig sollst du sein Mir gegenüber, für die vielen
Lustbarkeiten, die Ich dir gewähre.

Bombensicher will Ich dich in Meinen Unterkünften
sehn, Meiner Gunst dahingegeben.

Kritik ist nirgendwo so angebracht, wie bei dir selber
in den schauerlichsten Tiefen.

4.7
Die Melodie des Herzens pflege du um Meinetwillen,
licht und schön.

Prahle nie von deinen Wundertaten, andere verachten sie.

Wer einen Sieg vermeldet, meldet auch den Untergang
des Kontrahenden.

Wie an eine Perlenschnur gereiht vollbringe deine
Liebestaten.

Appetit auf mehr ist jedermann beschieden, wenn er ihn
nur stillen könnte.

Klage nie dich selber an, es könnte einer dich darum
beneiden.

In Zirkulation gebracht versuchen alle Wesen, sich in
eigner Kompetenz durch ihr Sein zu schlagen.

Das Mondkalb würde liebend gern auch einmal
etwas Beblöken.

Der Liederliche singt auf Anhieb nicht besonders schön.

Wer sich in der Kunst zu fasten übt, übe Vorsicht, denn
er könnte leicht daran zugrunde gehn.

Pralle Säcke kriegen eher Löcher,
sich gemächlich zu entleeren.

Was nützen dir die Kohlen, wenn du keinen Ofen hast,
sie zu verheizen.

Wohlfahrt trügt, wenn du sie nicht beherrschest
und der Ehrgeiz überwiegt.

Lass die Leute reden was sie wollen, deine Stirne frank
und frei tritt ihrem Kauderwelsch gekonnt entgegen.

4.8
Minutiös verfolge deines Schicksals klargesichtiges
Verfahren, um es immer besser zu begreifen.

Moduliere kräftig, was dir in die Fingerchen gerät, es
veredelt hinter dir zu lassen.

5

Wenn eine Mücke dich belästigt

5.1

Trachtest du nach Einsamkeit, musst du deine Freunde
nur konstant versohlen.

Panoramen können erst am TV adäquat genossen
werden.

Liebst du Bettgeflüster, dann schalte erst einmal
die TV aus.

Kommt dir Allotria in Sinn, ist dir kaum mehr zu helfen.

Vor einer Kellerassel brauchst du dich nimmer zu
genieren.

Was nicht in deinen Kram passt, wird von dir
kurz und klein geschlagen.

Viele Variantenfahrer lassen sich von ihrem eignen
Schnee begraben.

Wer wird dir mehr verehren als du je geträumt hast in der
menschlichen Montur? Ich, in Meines Seins bewundernswerter Promenade.

Wenn eine Mücke dich belästigt, schlägst du sie
gedankenlos zutode; was würdest *du* von einem Riesen
über dir erwarten?

Das Niedliche vor dir versetzt dich ins Entzücken,
derweil du dich in ihm verkörpert siehst.

Wer meldet sich an deinem Tor? Ein Spekulant auf deine
milde Gabe auf Bewährung für sein Wohl.

Qualifizierte neigen dazu, ihre Überlegenheit zur Schau
zu stellen. Bist du auch so ein Galan?

Das Füchlein weiss sich rasch zu helfen, wenn es
Hühnerfutter riecht. Da lohnt es sich, danach zu graben.

Tradition ist, wenn du nicht vergissest, wann du Mich
zum letzenmal gewürdigt hast in deinen Kalkulationen.

Was knabbert da an deinem Selbstgenügen? Sieh, die
Erlösung ist so nah.

Gehorchen will gerelrnt sein, das Befehlen auch.

Wo viele Noten sind, ist meistens auch die Seelennot
vorhanden.

Was strapazierst du dich, derweil es doch so einfach ist,
in Mir das Leben zu erleben.

Kostenpflichtig wirst du weggeschleppt, hast du dich
am Weltenplan vergriffen.

Ein merklich Mehr an gutem Willen würde dir wohl anstehn.

Mich zu überbieten ist nicht realistisch, Mir zu folgen aber schon.

Gewogen und zu leicht befunden soll bei dir nicht heimisch sein, sondern dezidiertes Grosskaliber.

Ich sage dir: wenn du versagt hast, kannst du dich immer noch von Mir beraten lassen.

Sprichst du auf Nuancen an, kann Ich dir Verborgenes beschaffen.

Was trägst du dazu bei, dass niemand deine Welt aus ihren Angeln hebt?

Deine letzten Dinge sollen von den ersten grundverschieden sein.

In Hangen und Bangen will Ich dich nimmer tanzen sehn.

Die feinen Herren sind nur allzu leicht versucht, unfeines zu kreieren.

Das Wackere ist immer dem Bequemen vorzuziehn, selbst wenn es deine Müskelchen verfluchen.

In der Tat gebührt dir höchstes Lob für jede gute Gabe,
die du anderen gewährst .

Suchst du Vollendung, kannst du sie bei Mir in extenso
aquirieren.

Ohne Tadel gehst du nur voran unter Meiner
bodenständigen Regie.

Wanke nie im inneren Bezirk und trage Sorge
zu den Beinen.

Kollektiv versichert sein ist angenehmer, als vereinzelt
ins Malheur zu stürzen.

Die Tauben lassen sich nicht gern von Informierten
eines Besseren belehren.

Die Grazie des Augenblicks geniessen heisst, sich auf das
Wesentliche konzentrieren.

Ohne guten Willen kannst du nicht im Ernst
durchs Leben patroullieren.

Ich bezweifle, ob du schon genug gelehrig bist,
um vor Meiner Weisheit zu bestehn.

Klein, aber fein soll die Parole sein für dein intenses Wohlbefinden.

Zusammenkleistern kannst du`s schon, doch das Unverletzte hält sich länger in des Lebens Sinn und Flor.

Der Macher merkt nicht, dass es manchmal besser wäre nichts anzurühren.

Kybernetik mag dich in das Sternenall portieren, Ethik aber fordert dich hienieden schon.

Bombastisches hat stets die Chance, eifrig diskutiert zu werden.

Kreolinnen servieren ihre Schönheit schon apart vom Negligé.

Der Stoff, aus dem die Träume sind, ist nicht immer hoch erhaben.

Willst du virtuos sein, lass dich bei den Überzeugten nieder.

Kaum zu glauben ist es, wie verspielt sich manche Toren geben.

Bist du gut im Paukenschlagen, bist du's auch im Jeminee.

Adabtierst du, was *Ich* sage, kann es dir recht nützlich sein in deinen Prolongationen.

Im frischen Grün lässt sich`s ganz unbeschwert philosophieren.

Worüber willst du dich beklagen? Es hat schon mancher unnütz in den Wald gerufen.

Die Heideröschen pflegen ihre Zeit am Wegrand zu verträumen. Du aber, wachst du über ihnen?

Den Kelch der Wahrheit trinken ist wahrhaftig kein besonderes Vergnügen.

5.2
Schlitterst du den Berg hinunter, brauchst du gute Freunde, dich für einmal noch hinaufzuziehn.

Pelerinen mögen dir vor Kälte Schutz gewähren , aber vor dem Bärenbiss versagen sie.

In Kürze will Ich dir der Länge nach erzählen, wie es auf Mallorca war.

Gehst du hin, so Bin Ich längst schon dort gewesen.

Was du dir leistest, ist zum Glück nicht aufgeschrieben,
selbst die Sonne würde bleich davon.

Meinem Willen hängt nichts ungehöriges an,
weil er Mir allein gehört.

In tausend Falten ist dein Hirn gelegt, damit die
schelmischen Gedanken genügend Wohnraum darin
finden.

Es muss ja nicht so sein, dass immer nur die Starken
siegen, auch die Schwachen können ihre Eigenheiten
überwinden.

Was glaubst du, dass Ich an dir am meisten schätzen
würde? Die Richtung auf dasselbe Ziel.

Pflegeleicht sind nur die unentschlossenen
Verräter ihres eignen Stils.

Leichtsinn kann auch mit unbeschwerter Heiterkeit
verglichen werden.

Leon heissen deutet auf enorme Kräfte hin.

Selbst eine Gipsfigur wird kostbar, wenn sie dir in
Brüche ging.

Wenn es klemmt, kann *Ich* noch elegant darüber greifen.

Ein x für ein y vorzustellen musst du bei Mir nicht versuchen, weil Ich so gut wie du auch lesen kann.

Knapp erreicht hast du die Stimmenzahl, das hindert dich jedoch im Mindesten daran, fortan das grosse Wort zu führen.

Wie forsch auch immer deine Zähne sich verbissen haben, einwenig Spielraum liegt für Mich noch längst darin.

Koscher ist noch lang nicht alles, was der Stempel darauf suggeriert.

Du kannst gewiss vom Glücke reden, wenn dein Fuss für einmal nicht in eine Falle tappte.

Natürlich Bin Ich damit einverstanden, dass du Mich beanspruchst, wenn es bei dir schief gegangen ist.

Kredit bekommst du von Mir nur für angewandte Liebenswürdigkeiten.

Ein Hoch auf deine Fähigkeit, über dich hinauszuwachsen.

Wohin drängelst du, wenn Ich dich doch auf Meine Seite ziehen möchte.

Kleinigkeiten treffen dich wie Keulenschläge, derweil Bedeutendes oft kaum bemerkt an dir vorübergeht.

Immerhin bist du von irgendwo dahergekommen, weißt du denn, wofür?

Nicht von gestern willst du sein, aber morgen musst du es doch akzeptieren.

Einen Mittelwert zu bilden ist nicht schwer, aber gleich darauf wirst du von neuem ins Extrem verfallen.

Bist du pünktlich, wird dir gewiss noch einer in die Quere kommen.

Schabernack zu treiben mag belustigen, der andre aber wird davon recht sauer werden.

So schöne Brüste unter einer brummigen Visage.

Lässest du dich gehn, kommt gewiss ein Kontrolleur und liest dir die Leviten.

Dafätismus ist ein Übel, das nach starkem Fleckenwasser ruft.

Mit dem Stapler lassen sich die Schwergewichte auch herunterlangen.

Träumst du, so träume doch von Seinsgelassenheit und Herzensfrieden.

Wo siehst du dich am besten aufgehoben? Mit dem Heli auf die Bergeshöhn.

Zweimal schlucken muss der arme Schlucker. Wohlverstanden, einmal leer.

Zuviel des Guten beleidigt das Gefühl für Proportionen.

Die Verbindung zu den Geistheroen kann dir nie genug ans Herz gelegt und anempfohlen werden.

Was klappern deine Geistesschienen? Weil die Unterbrüche zu massiv geworden sind.

Die Kenntnis deiner selbst soll sich für dich zur obersten Priorität erheben.

Wer will die Lebenskarten mit Mir mischen? Stille! Dann muss Ich es wohl für Mich selber tun.

Ich bewahre Haltung noch im schmerzlichsten Verluste, weil Ich diesen doch für gut befunden habe.

Magisch zieh Ich die Verfolgten an Mein Herz, um
ihnen höchsten Schutz und wärmste Liebe zu gewähren.

Ich habe Mich dem reinen Sein verschrieben,
wo Ich Bin, vor aller Zeit und Zirkulation.

Meine Metrik ist das Herzmass in der universenweiten
Schwebe die Mir eigen.

In Geisteslicht erhellen sich die Züge Meines
Seinsgewissens bis ins unermessliche Erlaben.

5.3
Meine Bindung ist der Bund mit der Unendlichkeit des
Schweigens, dem Ich innewohne.

Die Grazie des Himmels lächelt Mir Holdseligkeit
entgegen.

Im Sternenall verliert sich Meines Seins Erhabenheit
und wohlgemute Präfektur.

Das Lichte ist an sich die Schwingung reiner
Redlichkeit und Seelenharmonie.

Begreifen muss Ich nichts, wo Ich aller Griffe
ohne weiteres entbehren kann.

Nun ist der Friede in Mein Herz gezogen,
derweil es sich das Sein gebar.

Die Metamorphose ins unendliche vollzieht sich in der
Stille des Mich-mit-Mir-selbst-Vereinens.

Der Gewinn an Weite ist aufs Beste dazu angetan auch
Meine Nähe zu berühren.

Den Ordnungen des Himmels zugetan, gelingt es Mir
Glückseligkeit zu üben.

Sein vom Allerfeinsten offenbart sich dem besonnenen
Gemüt und lässt es innige Glückseligkeit erfahren.

Der Einheit aller Wesen Bin Ich nah und lasse Mich von
ihrem Sein verwöhnen.

Mein Sein ist Vorsicht, tänzelnde Natürlichkeit und
liebevolles Selbstbefragen.

Bevor Vernunft ward war *Ich*, unentbunden überall.

Ich beehre Mich, in einer einzigartigen Doktrin, mit
wonnevollem Selbstbehagen.

Absolute Stille ist der Trank für Mein Empfindens
zauberhafte Vision.

Mein Sein ist Wohlklang in sich selbst, universenweite
Unberührtheit und bewusstes Schweigen.

Die Ehre ist auf *Meiner* Seite etabliert und alles,
was da *ist*, hat Mich gründlich zu verehren.

Myriadenfältig wird aus Mir geboren, was Ich, in der
Einheit, durch Äonen keimen liess.

Die reine Urkraft Bin Ich, ohne Meines Geistes
Muskeln zu bewegen.

Ohne Form und Formung lichte Ich durch das
unendliche dahin in Seligkeit und delikatem
Wohlbehagen.

Dem kosmischen Bin Ich begeistert zugetan, seitdem
Ich es erschaffen habe.

Was Ich Behütung nenne geschieht bedachtsam und
verschwiegen unter Meiner Geisteshut.

Ich lehre Eile in der Weile, um dem Gottesmass
gebührend zu genügen.

Meine Preise sind dem Dumping wie dem Wucher
niemals unterworfen in der Redlichkeit der rechten
Wahl.

Krausköpfige gehören nicht in Mein Register, das von Ebenmass und zarter Spiegelglätte überfliesst.

Aus der Unberührtheit geht der Sinn fürs Zärtlichsein hervor in den Weltgedanken, die Ich immerwährend hege.

Siehst du die silbergrauen Wölkchen dort am blauen Himmel still und graziös vorübergleiten?

Dein Eigenwille hindert dich daran, Geisteskapital, Gutmütigkeit und Loyalität mit Mir zu kultivieren.

Du wähnst dich sicher wegen Mangel an Beweisen, aber nicht vor Mir.

Meinem Weistum ist es zu verdanken, dass die Weltendinge sich in ihrem Lauf aufs Trefflichste begreifen.

Was Ich berichte, richtet Güte, Qualität des Handelns und begeisternde Erfolge an.

Was in Mir ruht, soll auch dich zur seliglichen Ruhe führen.

Ich kann dich ohne weiteres bis zu den Sternen tragen, wenn du Mir gehorchst und Meinem Willen überwältigendes zu gebären.

Hier Bin Ich und habe weiter nichts zu konstatieren.

Und Ich sah, dass alles gut war längs der Linien, die Ich Mir zum Leitwerk auserkoren habe.

Goldtriefende Gedanken prägen was Ich Bin in Meiner Unbescholtenheit und Rarität im unergründlichen.

Das wesentliche ist immer auch das gültige bis weit hinauf in die Unendlichkeiten.

Gregorianische Gesänge schmiegen sich vertraulich in Mein sensibilisiertes Weltgehör.

Ich Bin und lasse es dabei bewenden und zugleich wieder nicht im Nimbus Meines Weltenstrebens.

Macht und Ohnmacht sind von Mir geschieden, derweil Ich Mir den bessern Teil davon errungen habe.

Kannst du stürmen, stürme doch mit Mir durch die lichtdurchfluteten Allweiten.

Das Konkrete ist aus Meiner Sicht das Nicht-Sein in unendlichen verschlungenheiten.

Ich entzücke Mich an Meines Seins Unendlichkeiten her und hin.

Auch du, geliebtes Bindeglied im Weltkampieren,
wirst einst im Ewigen den Frieden finden.

Ich Bin die Kunst, Mich immer unbehelligt
durchzuschlagen.

Worauf es bei Mir ankommt ist das Mass der
gütestrahlenden Erleuchtung die Mich selber wie das
All beseelt.

Tatsächlich sind die Lebensdinge Meiner Provenienz
von den deinen kaum zu unterscheiden.

Ich verwerte alles was du als minderwertig
hinter dir gelassen hast.

In aller Wahrheit Bin Ich ein Begnadeter des
Universenseins mit seinen wunderbar geschmückten
Kapriolen.

In allem Ernst gestatte Ich Mir bei dir anzuklopfen
und entschieden Einlass zu begehren.

Bevor du dich zu Ruhe legst sollst du dich
zuversichtlich und beherzt an Meine grüne Seite legen.

Steh nicht schmollerisch herum, sondern packe tüchtig
zu, in des Seins unendlichem Florieren.

Du bist Mir heilig, ganz besonders dann, wenn deine Kräfte sich auf Meine konzentrieren.

Willst du Mich achten, beachte tunlichst Mein begeistertes An-dir-Vorübergehn.

Bist du gewappnet für das Soll, das Ich dir täglich auferlege, sprich ein überzeugtes Ja.

Mit dem Sein berührst du das Allhöchste, dem Ich Mich seit Ewigkeit aufs Innigste verschrieben habe.

Mir mangelt nichts, kann Ich auf Meinem Konto unerschütterlich markieren.

Ich dränge Mich bewusst hervor, um dir die Wahrheit grade ins Gesicht zu sagen.

An deiner Stelle will Ich nicht Vergeltung üben, weil du`s bei Mir auch nicht getan.

Hast du genügend Stoff, um als Literat und Zauberer des Worts hervorzutreten?

Geistreich bist du nur durch Mich und Meine Überschwänglichkeiten.

Was dir immer brauchbar scheint sollst du dazu verwenden, die liebevolle Anteilnahme am Geschick der Welt zu pflegen.

Nicht ohne Grund hab Ich dir innig angeraten, allen Ernstes auf Mein Wort zu hören und es getreulich zu befolgen.

„Credo in unum Deum", sollst du dir von Mir gesagt sein lassen, seinsintim und folgenschwer.

Maliziösen Lächelns trag Ich Mich zu deiner Hilfe an und du willst es, bei Gott, noch immer nicht begreifen.

Aus Meiner Position verkünde Ich dir, dass es auch die deine ist, im Wesen der Unendlichkeit von Gottes Drift und Gnaden.

Sieh dich vor, dass du Mir nicht entgleitest aus den Händen gütestrahlender Bravour.

Das Ding an sich kann nur in *Meinem* Kontext und Gewissen existieren.

Mein Verbales rüttelt auf und wirft den Löffel niemals nieder.

Du trittst an Ort so lange, bis du Mich verstanden hast in Meinen überragenden Ambitionen.

Verlasse deine Welt und lebe doch in ihr zu Meinen Gunsten.

Nicht die Willkür siegt, sondern Mein zutiefst bemerkenswertes Seinsgehaben.

Gehst du von dannen, schreitest du erhob`nen Hauptes in Mein Reich der Myriaden seinsgefälligkeiten.

Ich kann und du sollst können ebenso in Meinem Wohllaut und Verlangen.

Mon Dieu, es gebricht dir noch an vielen seinssubtilen Qualitäten.

Ich komme, dich nicht hinter, sondern vor das Licht, zu führen, deinem Herzensglück entgegen.

5.4
Unverdrossen und gekonnt vollführe Ich den Derwischtanz vor deinen Strahlenaugen.

Reden kannst du, nun aber heisst es Weltentaten zu vollbringen.

Konstruktive Klarsicht ist dir wie nichts vonnöten, um zur Vereinigung mit Mir und Meinem Anhang zu gelangen.

Vollbringe heute was dir so zu tun obliegt in Meiner
Umsicht und verbindlichen Regie.

Um deinetwillen Bin Ich so, wie Ich Mich haben will,
in dir.

Im Röhricht Meiner sprossenden Gefühle singt die
Drossel ihr bezaubernd Lied.

Niemand tritt sich so wie Ich in aller Form und Farbe
selbst entgegen.

Unbestritten kröne Ich Mein Werk mit alles
überragenden Ideen, die so geistreich sind wie eben
gottgewollte Definitionen.

Hast du es so weit gebracht, Mir gänzlich zu gehören,
gehören dir auch die Gedankenfelder, die unverwandt
auf neue Keime warten.

Aber das ist schon die Lösung, wenn *Ich* nur beginne,
hinter das brisante Seinsproblem zu stossen.

Ich punktete schon lang bevor du deinen ersten auf die
Tafel setztest.

Wann endlich wirst du Meinen innern Kreis betreten,
um gefeit und glücklich deinem Sein zu frönen?

Was du würdigst soll auch Meiner Würde angemessen sein im Weltgestalten.

Das Tunliche erhebt sich aus dem unbewussten in die Klargesichtigkeit nach Meinem Mass und Ziel.

Ich übertreibe nicht, wenn Ich dir sage, dass du Bist das Wesen der Unendlichkeit von *Meinem* Sortiment und Stil.

Mustergültiges Verhalten spriesst aus Meinem Mahnwerk an der Stätte deines wissenschaftlichen Gebarens.

Glaubst du, wirklich gut zu sein, so muss Ich dich von Mir aus eines Besseren belehren.

Wer schwimmen kann, der muss auch schwingen können bis zum Fall des Gegners unter dein behäbiges Gewichten.

Das Radikale spottet jeder Seinssubtilität und muss in geniale Wohlgeformtheit umgewandelt werden.

Brillant sein heisst auch Demut in den Mutterschoss gelegt bekommen haben.

Nolens volens hast du nach Vollkommenheit zu trachten in der Sphäre Meines Seinsgewaltens.

Kleine Ursach grosse Wirkung soll beständig von dir ausgehn in der Meinen.

Mindestens kannst du von Mir die ewige Seligkeit erwarten.

Begreifbar wird dir alles, wenn Ich nahe hinter dir wie vor dir steh.

Gesinnung und Gesittung sind im reinen Seien optimal.

Was hier oben um sich kreist ist nur mit dem allergrössten Glücke zu vergleichen.

Das Seelenvolle wendet sich dem Lichte zu, das *Ich* ihm mit überirdischer Behutsamkeit verstrahle.

Einfach so verwende Ich Mich seit Urewigkeiten für dein Wohl.

Derweil es Ahriman gelungen ist das Volk von seinem Weltgefühl zu überzeugen, hängt es sich fassungslos an seine Fersen.

Machst du auf, so helfe Ich dir im gegebenen Moment auch wieder zuzuschliessen.

Nicht jeder kann von sich behaupten ein Genie zu sein,
Ich aber übermittle ihm das Zeug dazu.

Frank und friedevoll soll sich dein Tun um Meine Mitte
scharen.

Manche Kühnheit wird dir rasch verziehen,
vor allem, wenn sie dir misslang.

Der Kern der Sache wird oft missverstanden und
dafür umso mehr gepflegt.

Äuglein auf, Äuglein zu, beides ist zur rechten Zeit
vonnöten.

Spurst du nicht, so geht Mein Goodwill unverzüglich
flöten.

Missgunst hat noch immer ein gewichtig Haar in
deinem Tellerchen gefunden.

6

In absoluter Wachheit leben

6.1

Was immer du erwählt hast, wird von Mir gefördert und
mit Lebenskraft geladen.

In Sachen Sein liegt es an dir, dass Nötige so rasch wie
möglich zu erringen.

Tonnenweise produzierst du Abfall, doch wer soll ihn
von der Stelle schaffen?

Ich Bin der Mainstream auch in deines Lebens Lauf,
Geschwätzigkeit und vielgestaltiger Blamage.

Ich runde das zu Rundende mit überragendem Geschick
in deinen hoch erhobnen Händen.

Sowie du dich vollends verloren hast, kommst du
unverzüglich bei Mir an.

Ich wende Mich zu dir in jedem Fall, doch lieber wenn
auch du dich zu Mir wendest.

Ich garantiere nichts, doch in der Regel pflege *Ich*
zu siegen.

Ohne weises Aneinanderfügen geht es nicht in Meinen
Gärten der Vernunft und Hingegebenheit an Meine
Seinsdoktrin.

Meine Hütten sind nicht sehr geräumig, dafür aber voller Anmut und bewundernswerter Harmonie.

Das Sagenhafte fängt schon an, sich auch in dir und deiner Dürftigkeit zu regen.

Dankbarkeit und Liebe über allem, was da *ist*, sollen dich und deine Seinsgestalt beseelen.

Wer spricht zu dir: das was Ich Bin in wunderbar gesättigter Synthese.

Du lässest los, damit Ich dich im reinen Sein erhalten kann.

Es sprudeln die Gedanken wortreich und gekonnt aus Meinem Sternenwesen.

Dein Verhältnis zu Mir sollte das der Sterne sein mit ihrem unerschütterlichen Strahlen.

Was hilft es dir, wenn du begreifst, wie alles *ist*: Du Bist wie neu geboren.

Das Redliche an sich feiert Triumphe, sowie du nicht mehr atmest, auch in dir.

Wahrhaft opportun ist nur, was *Ich* ins Rampenlicht gestellt und traulich hochgezogen habe.

Beachtest du Mein Resümee, kann dir nicht das Geringste für dein Weiterkommen fehlen.

Bist du imstand, aus Meinem Seinsgelispel klug zu werden, gehst du wie die Sonne auf an deinem eignen Horizonte.

Das Verbindliche ist immer auch der Ausdruck der Verbundenheit mit Mir und Meinen Artgenossen.

Meine Quellen sind noch immer unversehrt und silberhell in ihrem Sprudeln und Dem-Wanderer-den-Durst-Benehmen.

Magnetisch ziehe Ich die suchen an und unterbreite ihnen Meiner Lösung götterlichten Stil.

Im Klanghaus verlebendigen sich die samtenen Gedanken Meiner Zunft und Zierlichkeit in wunderbar harmonischem Gefälle.

Tropfenweise träufle Ich dir Meine Weisheit ins geneigte Ohr, damit sie sich an deinem Trommelfell verbreite.

In sieben Fällen mögen deine Argumente schlüssig sein, doch ab dem achten kann das nur noch den Meinigen gelingen.

Die Fülle Gottes zu erfahren ging Ich aus und kehrte reich geschmückt mit Kronjuwelen wieder.

Manche Sorge löst sich auf in Jubel, ist sie von Mir gegart und durchgeknetet worden.

Von Mir modellieren lassen sollst du dich von Tag zu Freudentag in deinem Dich-Erleben.

Betrachte dich als Wesen Meiner Zucht und Ordnung unfehlbar.

Wer verwaltet deine Güter besser als Mein Dossier im Überirdischen.

Gibt es Herzenstränen kannst du sicher sein, dass *Ich* sie von dir nehme in der profunden Liebe, die Ich jedermann gewähre.

Was der Monarch im weltlichen Bin Ich im übersinnlichen Betrieb.

Ich entführe dich ins Paradies bezaubernder Gedanken.

Ein und dasselbe ist an dir wie Mir nicht mehr zu unterscheiden und entfaltet sich im selben sagenhaften Stil.

Die Konfrontation mit Meinem immanenten Seinsgefühl soll dir zum Antrieb und Gewinn für dein eigenes Entfalten werden.

In absoluter Wachheit leben, welche Gnade, welch beseligende Synergie.

Ich Bin die Hefe, du der Teig der vor Mir aufspriesst zu unendlichem Gedeihen.

Was Sinn macht hab Ich vor dir ausgebreitet, greif nur zu.

Noch einen Punkt in Sachen Souveränität will Ich dir wohlgemut servieren: sei in Mir das seiende Kalkül für alle Hoffnungen der Welt und ihren Gliedern.

Güte strahlt von Mir zu dir hinüber ohne Unterlass im Evolutionenweben.

Das Bedenkliche an dir ist immer auch von Meinem Denken eine wunderbar verheissungsvolle Spur.

Nie kannst du sicher sein, ob nicht ein Gott gerade hinter dir und in dir seelenvolle Wache inszeniert.

Im Zwielicht der Geschichte hat schon mancher seinen Tod um Generationen überlebt.

Was färbt das Wasser blau, wenn es nicht grün ist von den Algen?

Konstanter Friede ist so kritisch wie ununterbrochner Krieg.

In Freiheit leben führt dazu, die Unfreiheit zu suchen.

Ein Mahnmal der Geschichte ist immer auch der letzte Krieg. Wann wird der nächste folgen.

Tröpfchenweise findet doch die Wahrheit ihren Weg aus dem Gewirr der Unwahrhaftigkeiten.

Deine Stimmung steht auf Halbmast, bis ein heiteres Gesicht sie wieder hochzieht in des Tages Lauf und Prangen.

Salutieren vor der Obrigkeit mag dir recht wohl gelingen. Aber ist es dir auch ernst dabei?

6.2
Wie froh bist du, wenn dich die etablierten Stänkerer für diesmal noch in Ruhe lassen.

Das Hohle tut oft weh, und nicht nur in den Zähnen.

In vielen Fällen ist es besser, gleich den Rückzug anzutreten.

Unverbindlich kann nichts sein, bist du doch mit jedem streunenden Gedanken an sein Wesensein gefesselt.

Gutmütige Gewalt ist oft vonnöten,
um die Hemmnis vor dir aufzulösen.

Was pfeifst du vor dich hin? Mancher Vogel hat schon schöneres als du gesungen.

Vom Kosmos wirst du stets mit neuer Energie geladen. Danke ihm dafür.

Was hast du ausgefressen, dass du nun beschämt am Pranger stehst, musst du dich selber fragen.

Mach dich auf die Socken, um den Wölfen zu entrinnen, die dich zu ihrer Beute machen wollen.

Bedenke, was du sein wirst, wenn das reine Sein in dir zum Zug gekommen ist.

Was wir fordern ist zumeist ein reizendes Gemisch von Sinn und Unsinn in den menschlichen Gemütern.
Losgelassen pflegen viele Hunde sich ins Erste Beste zu verbeissen.

Wanderst du bergauf, muss es auch einmal wieder runter gehn.

Es ist dir stets gestattet, deinem Glücke etwas nachzuhelfen.

Miniaturen zeigen dir die Welt, wie sie wohl einmal war, vom Keim zum Wirklichen gediehen.

Brandet das Meer, so mögen mächtige Gefühle an deine Seele branden.

Zierstiche sind nicht mehr en vogue, dafür Sticheleien um des Kaisers Bart.

Klärst du ab, so habe Ich längst aufgeklärt mit Meinen Sperberaugen.

Die Solitüde wird von manchem noch gemieden, weil er lieber von konstantem Lärm berieselt wird.

Ruhlose sind nicht wenig zu bedauern, weil ihnen das gewisse etwas fehlt.

Spätestens beim Abschied von der Menschenwelt wirst du zum reinen Sein erwachen.

Was trauerst du, wo doch so viel Natürliches zu feiern
wäre.

Verschnupfte sind meist schwer von ihrem
eingefleischten Weh zu heilen.

Frisch aus der Region kommt alsogleich als gut an bei
den guten Leuten.

Redselig können auch die Amseln sein, den Morgen
zu begrüssen.

Allen Ernstes frag Ich dich, ob du schon versucht hast
mit den Ohren einen Dialog zu führen.

Nur wissend kannst du nicht durchs Leben streifen,
ein Quäntchen Seingefühl gehört dazu.

Wem gehört die Welt, wenn nicht dem,
der sie geschaffen.

Zuvörderst sei dir immer der Bezug zu Mir und
Meinen Sagenhaftigkeiten.

Nur dein Allgefühl vermag, dich wahrhaft menschlich
und gewissenhaft herauszubringen.

Liebst du Kinder? Dann sollst du auch die Kindereien der Erwachsnen nicht verschmähen.

Soweit kann es kommen, dass du mit offnen Augen deinen Fehltritt nicht gewahrst.

Kleines Weh kann rasch zu grossem führen, wenn du es nicht pflegst.

Was Ich verkünde hat den Nimbus von Erhabenheit und Seinsgewissen.

Wache Geister pflegen auch des Nachts nur halb zu schlafen.

Willige sind selten in der Konstellation von Ich und Du.

Das Aktuelle wird nur allzu rasch zum alten Kram.

Kronenträger sind gehalten, sich ihrer Würde voll bewusst zu sein, in des Lebens Lauf und Zirkulation.

Nicht im Geringsten sollst du dich genieren, deine Meinung offen herzusagen, wenn sie dir nützlich scheint.

Zweifel an dir selber sind das Letzte was Ich dir empfehlen könnte.

Momentanes ist meist weniger bedeutsam als Bewährtes
in der Lebensstrategie.

Klare Linien führen rascher zum ersehnten Ziel.

Nie genug kannst du dem Schicksal dankbar sein für
seine weiterführenden Kaprizen.

Ein Hoch auf die Vertrautheit, die Ich dir herzinniglich
gewähre.

Liebest du Marmelade, so beeile dich, die Zunge zu
benetzen.

Ohnehin kannst du nicht wählen, ob du kommen willst,
höchstens noch ob gehn.

6.3
Ein Drittel allen Lebens wird verschlafen, verschlafe
bitte nicht auch noch den Rest dazu.

Dreifaltig ist sogar in dir dein Wesens Denken, Wollen
und Gefühl.

Der Krone der Schöpfung sind auch schon ein paar
Zacken ausgefallen in dem ewigen Her und Hin

Wo du dich nieder lässest gibt's nicht immer Kuchen
und Kaffee.

Schau zu, dass deine Stärke dich nicht schwächt in gewissen Höhenlagen.

Nur *Meine* Güte kannst du wirklich zu den Weltengütern zählen.

Bedenken sind in Meinem Kontex und Gewissen keineswegs vorhanden, merk dir das.

Ulkiges lockert auf, doch darf es nicht das Gähnen stimulieren.

Prophezeiungen sind gut und recht, wenn sie doch nur stimmig wären.

Ein grüner Hügel lässt sich leichter als ein steiniger erklimmen.

Mir nichts dir nichts kann nichts wichtiges geschehn an Meinem Fürstenhofe.

Der erste Rang gilt der Natürlichkeit in Meiner Schule des Gestaltens.

Nicht locker lassen ohne Grund ist eine Haltung, die Ich nicht begrüsse.

Wohlan, es bringen dir die Tage, was du dir ersehnst und sei es noch so bieder.

Nonkonform sein sei nicht immer deiner Weisheit letzter Schluss im Überlegen.

Was uns verbindet mag uns wieder trennen, wenn es nicht im rechten Sinn geschah.

Die Gerechtigkeit hat einen langen Atem, aber einmal schlägt sie zu.

Befiel Du meine Wege, sagt der Wanderer und will doch weiter in die Irre laufen.

Klagen kannst du schon, nun aber sollst du mal das Gotteslob versuchen.

Was wünschest du, dass Ich dir offeriere? Volle Pulle auf das Ewige hin.

Hat es geklappt, wie du Mich angerufen? Auf's Haar mit genialen Informationen.

Wie fühlst du dich in deinen Wohlgerüchen? Sie wären längst verduftet, wenn *Ich* ihnen nicht beständig neuen Reiz verlieh.

Wie geboren und vergessen siehst du aus in deinen Lumpereien. Wann gedenktst du, deinen Paten anzurufen.

Ich gehorche dir auf's Wort, wenn Ich dir Sukkurs gewähren kann in deinen Nöten.

Wo du dich niederlegst, da will auch Ich willkommen sein.

Der Filou ist sich's so gewohnt, andre über's Ohr zu hauen, dass er nicht bemerkt, wie's um seine eignen Ohren steht.

Ringelnattern schauen links und rechts, bevor sie ihre Schlangenlinien ziehn. Tust du's ihnen gleich, gelehriger Kumpan?

Fühlst du dich beladen, folge Meinem Wink in die Remise, wo sich alles wieder löst.

Was hilft dir, wenn du dir nicht mehr zu helfen weißt: Die Besinnung auf die göttliche Natur.

Liebe auf den ersten Blick wäre meistens besser mit dem zweiten zu vertauschen.

Die Wohlfahrt kommt von unten, wenn der Himmel sie von oben dir gewährt.

Meisterwerke können aus dem Nichts erstehn, derweil andere trotz viel Geschrei ins Nichts versinken.

Paradiesisch mutet an, was du Mir da erzählst, doch ist es leider schon verloren.

Der Schock sitzt tief, wenn dich ein Geisterfahrer knapp verfehlt, er hätte dich ja voll erwischen mögen.

Der Morgenstunde sind die Zähne ausgefallen, seitdem Ich am Rollator in die Küche schlurfe.

Wie artig bist du deinem Leben gegenüber, wenn du Mich darin bedenkst?

Wer sich in der Welt verliert hat Mühe, sich im Sein zurechtzufinden.

Glaubwürdig bist du nur in Meinem Rahmen und Befehl.

Gewaltiges ereignet sich im stillen Marschbefehl.

Vorerst scheint alles gut, bis sich die Bäume mächtig biegen.

Was hast du noch im Köcher ausser dicker Luft.

Jede Silbe zählt, die durch deine Zähne zirkuliert.

Mangel an Weisheit brauchst du nicht zu leiden, solang
Mein Einfluss dich belehrt.

Kleinkarierte haben die Tendenz, wie Tribune
aufzutreten.

6.4

Andante geschieht. Presto überrennt und fulminiert
gedankenlos und genial.

Mitte des Lebens in der Fülle fabelhafter Fingerzeichen.

Mysterium der virtuosen Gangart im rasanten
Präludieren.

Euch will Ich`s zeigen, spricht der Geigenbogen und
potenziert sich himmelhoch.

Musikalisches Blut hüpft durch die Adern im Takt der
vorgeführten Melodie.

Wie gut du umgehst mit dem Instrument hängt von
deinem Willen ab, auf Meine Art zu musizieren.

Du rennst wie Rembrandt über das Spinett, Scarlattinien
zu feiern.

Kunstentfessler genialissimo aus purer Lust am Cembalieren.

Virtuose Hoch-Zeit in der Kunst des Tastenfabulierens.

Mit Charme und Artigkeit lassen sich die Lebensdinge leichter lösen.

Gehörst du auch zu denen, die die Welt von Grund auf ändern wollen, ohne festen Plan?

Malheur geschieht nur denen, die die Weisheit der Natur noch nicht begriffen haben.

Quereinsteiger zehren vom enormen Vorteil, dass sie gar nicht wissen, was sie tun.

In der Schule des Gestaltens üben sich die schöpferischen Geister mit Bravour.

Zweifellos basiert dein Können auf dem Willen, anderen den Lorbeer um das Haupt zu winden.

Siehst du deine Kräfte schwinden, vermache Ich dir umso mehr.

Potztausend, wieviel Anmut du verströmst mit deinen schulterlosen Klamotten.

Der Regierung ein Schnippchen zu schlagen ist ein
besonderer Genuss.

Wo die Hennen Futter grasen ist meistens auch
ein Hahn nicht fern.

Kennst du Maurizia, sie hat knallrote Haare und die
Lippen noch dazu.

Vom Vielleicht zum resoluten Ja ist meist nur noch ein
winziger Schritt zu unternehmen.

Konstruktiv kannst du dich nur in Meinem Kontex und
Revier verhalten.

Mitbegründer einer neuen Welt sollst du Mir werden
im verheissungsvollen Zeitenlos.

Kläglich scheitern muss, was nicht in Mir sein glorioses
Ende findet.

Das Klosterleben mag ja auch bekömmlich sein,
wenn du anderen gehorchen willst in voller Garnitur.

Kollegial ist auch ein Pferd, wenn du ihm nach seinem
Gout das Hälmchen durch die Schnauze ziehst.

Wem getraust du dich den Marsch zu blasen, ohne dass er sich bedächtig revanchiert?

Eintopf reicht nicht aus, um die Welt als ganzes zu erklären.

Die Moral von der Geschichte liest sich wie ein Kriminalroman, bezüglich der enormen Konsequenzen.

Merkst du dir den Ausdruck der Fassade, kannst du füglich auch das Innere betrachten.

Wie schön du singen kannst, derweil dir viele Wünsche auf der Zunge liegen.

Was rätselst du um Mich herum, derweil ich dir Mein Schicksal life erzählen könnte.

Kurz gesagt, in Meinem Garten hast du nichts verloren.

Das Ebenmass erreichen kannst du schon, aber es behalten fällt dir doch recht schwer.

Wenn dich nichts mehr betrüben kann,
gehst du dir selber bald verloren.

Wohin steht dir der Sinn? Nach soviel Dingen, bis du nur noch nach dem einen strebst.

Kleinkram will dich daran hindern, dich mit Weltengrössen zu befassen.

Wer ist würdig, sich Mir bis zum Gehtnichtmehr zu nahn? Du, in deiner Einsicht ins Allhier.

6.5

Woran willst du glauben, wenn nicht an Meine Seinsvernünftigkeiten.

Keinenfalls will Ich dich schädigen, wenn Ich auf Meinem weisen Lehrgehalt beharre.

Die reine Linie zu bewahren fällt dir unter Meiner Redlichkeit nicht schwer.

Der Konsens mit Meinen Energien trägt dich ins Bewusstsein kosmischer Natur.

Pensionär in eigner Sache bist du alsolange, bis du Meinen Haushalt in dir leuchten siehst.

Meine Dinge schmiegen sich dir an, bis du sie erkennst in ihrem wirklichen Gehalt und Streben.

Die Kontrolle über dein Verhalten muss in Zukunft von dir selbst geleistet werden.

Wer weiss, ob deine Ansicht vom lebendigen Leben
morgen schon versinkt in Grund und Boden, derweil die
Meine in dir aufersteht.

Pünktlich aufstehn heisst auch, Meiner Weisung Folge
leisten in Perfektion.

Klagenfurt muss eine völlig unbeschwerte Stadt sein,
unter ihres Namens Renommee.

Ohne Vorbehalte lässt sich heute kaum noch leben,
es sei denn exclusiv in Mir.

Strikte Weisungen sind meist vergebens für die
unverbesserlichen Besserwisser im Revier.

Pardon zu erlangen gehst du in die Knie, doch sobald du
aufstehst, fängt das Laster wieder vorne an.

Wer knirscht da mit den Zähnen? Hat dir einer Sanddorn
ins Gebiss geschmuggelt?

Konjunktur hat, was die Menge meint, Mir aber ist
persönliches Begegnen lieber.

Fachlich magst du überzeugen, doch im Moralischen bist
du einem Säugling zu vergleichen.

Das Wesen deiner Welt ist von Unbill und Verrat geprägt, in Meiner jedoch lässt sich`s lang noch überglücklich leben.

Was dir geschieht, geschieht zu Recht, weil du es so gewünscht hast in den Fängen deiner Akribie.

Unbescholten wirst du nie mehr sein, es sei denn durch den Fall in Meine Tiefen.

Das Kalendarium des guten Willens bringt dem Leben Frohsinn, Herzensglück und Harmonie im wunderbaren Selbstgenügen.

Gepachtet ist noch lange nicht erworben, heisst Mich Mein Register, dich belehren.

Nur Lässige versuchen die Gemeinschaft mit Mir mit der linken Hand zu pflegen.

Was muntert dich mehr auf als Mein Befehl,
dich deiner Eigenheiten zu entkleiden.

Hohe Schule heisst bei Mir, einen Nerv für gute Laune in dir kultivieren.

Wofür bist du am Meisten? Für Gewissheit in Bezug auf weniger Malheur.

Kostbar sind die Zeiten, in denen du dich selbst agieren siehst.

Die Wirkung deiner Worte ist enorm von ihrem Wohlgehalt verschieden.

6.6
Was alles kann noch kommen, denkt der Hasenfuss, und sucht geschwind das Weite.

Klosterwein ist frommer als gewöhnlicher, doch kannst du auch von ihm betrunken werden.

Den Grund für deine gegenwärtige Misere hast du selber schon vor ellenlanger Zeit gelegt.

Mit ihm ist nicht gut Kirschen essen, weil er deine Welt und du die seine nicht verstehst.

Das Bekannte ist zumeist recht unbedeutend gegenüber dem, was du nicht wissen kannst davon.

Der Hinweis auf ein Übel bringt meist ein weiteres hervor.

Hast du nichts Gescheiteres zu tun, als postmoderne Sätze und Gedanken zu kreieren?

Die Lippen reden so, derweil das Herz ganz anderes erfühlt.

Glaubst du an Gespenster? Sieh, Ich Bin schon längst das Eine, das dich inniglich beseelt.

Was behauptest du hier wieder, wo du es doch besser wissen solltest?

Ich klage dich nicht an, trotzdem Ich allen Grund dazu besässe.

Wer führt dich liebreich durch die Nächte, wenn nicht der Sterne faszinierendes Gefunkel.

Was billigst du an deinem Tun, wo es noch sowiel an ihm auszubessern gäbe?

Klarheit herrscht, wo *Ich* im Raum erscheine deiner Lebensliturgie.

Was liegt daran, dass du dir selber treu bist?
Genau so viel wie Mir.

Womit kann Ich dienen, wenn du Mich aus Oberflächlichkeit verschmähst?

Was gibt es neues, wenn nicht die alte Forderung, Meinen Geistruf zu befolgen.

Es gilt für dich, in Meinem Namen zu agieren, konsequent und folgenschwer.

Die grösste Hemmnis für dein Reüssieren ist deine Blindheit, Meinem Reichtum gegenüber.

Stehen alle Uhren still, musst du deinen Herzschlag zählen.

Vernimm Mein Wort, es ist so liebevoll in deine Gegenwart gesprochen.

Wo kommen die Kinder her, wenn nicht aus Meiner Hemisphäre reiner Wohlfahrt und Glückseligkeit.

Du scheinst noch nicht erfasst zu haben, wie genial die Götterherzen schlagen.

Rette sich wer kann, doch zuerst sollst du die Angehörigem dem Risiko entziehn.

Klugheit kann dich vor dem ersten Schritt ins Unheil alleweil bewahren.

In Wiegeschritten lässt sich`s leichter durch die Lebensfelder schreiten.

Du bist Mir als ein Forschertyp bekannt; so kannst du wohl auch Meine Gegenwart ergründen.

Der Naseweise würde besser seinen Füssen mehr Gewicht verleihen.

Keine Macht der Welt vermag, dich, wenn du`s nicht wolltest, von Mir fernzuhalten.

Der Morgen kam und mit ihm die Palette aller Fährnisse und Freuden wieder.

Ohne deine Hilfe kann die Welt nicht, wie sie sollte, reüssieren.

Auch die kleinen Dinge haben Anspruch auf gewissenhafte Prozeduren.

Bald wirst du einsehn, wie nützlich dir ein guter Leumund sein kann.

Kontakt zu haben muss gelebt sein, sonst vergreift er sich an dir.

Das Nützliche muss vielfach mit dem Unergiebigen ein Bündnis schliessen.

Ohne Zweifel ist die echte Wahrheit schwer zu finden.

Kannst du singen, sing im Wald die Bäume an.

Die Netten könnten sich schon jetzt zur ewigen Ruhe betten.

Eine Schlange häutet sich, damit sie ihrer Welt wie neu erscheine.

Wie mancher setzt ein Lächeln auf, um das Dahinter zu verbergen.

Konsterniert betrachtest du das Unheil, das du angerichtet hast und schleichst dich rasch davon.

Minutiös beachten sollst du, was der Lebensweisheit angehört, damit du nicht ins jenseits deiner selbst gerätst.

Das erste, was dir zukommt, wäre ein bezauberndes Gemüt.

Wie wirst du Mich willkommen heissen, wenn *Ich* dich unverhofft besuche?

Wo begegnen sich die Geister, wenn nicht alleweil in Mir und Meinen Zuversichtlichkeiten.

Offenbar bedienst du dich der Worte, die Ich einst zu dir gesprochen. Hoffen wir, dass ihre Wirkung dauert über deinem Tun.

7

Des Himmels muntre Klarheit

7.1

Was beschäftigt dich am Meisten. Deine eigne
Wohlfahrt, oder die der Welt, durch die du dich bewegst?

Kreisest du nur um den eignen Pol, oder doch einwenig
um den Meinen?

Weshalb lässest du dich gehn, wo doch Mein Türchen für
dich offensteht?

Des Himmels muntre Klarheit lässt Mich hoffen, dass es
besser weitergeht.

Wo können deine Züge mit den Meinen sich vereinen?

Hals über Kopf sollst du nie Abschied nehmen.

Gehst du dir verloren, so finde Ich dich umso inniger
in Mir.

Zuviel des Guten hängt sich dir mit Zentnerschwere an.

Was traust du dir noch alles zu, wenn du deine Hemmnis
überwunden?

Was *Ich* dir zugutehalten will, ist ein Sermon über
schickliches Benehmen.

Wohlbewandert in den Tönen trägst du rasch den Sieg davon bei den eingefleischten Lauschern.

Wenn du dichtest klärt sich alles auf und deine Melodien lassen viele Herzen springen in begeistertem Elan.

Mit der Neigung fängt es an. Bist du *Mir* zugeneigt, so wird sich bald das gloriose Ende finden.

Magst du Musik, dann magst du auch die Noten, deren Offenbarung sie dir sind.

Mit der Zeit zu gehn ist auch ein Kommen in die Sehnsucht williger Gemüter.

Weisest du von dir, was dich begehrt, wirst du später auch umsonst begehren.

Gute Wirkung muss auch fabelhafte Ursach haben, in der wohlgestimmten Herzenswahl.

Alles beisammen im strahlenden Lichte, die Wölkchen, der Himmel gespiegelt im See.

Wer heiligt deine Taten, wenn sie nicht verwerflich waren?

Der Friede führt die Seele zu sich selbst in wunderbarem Wohlgewissen.

Die guten Taten sind es, die dich adeln auf elysischen Befehl.

Magst du es süss, so kann Ich dir zuerst pikantes auf die Zunge legen.

Teilst du dich mit, so hast du schon den ersten Schritt zum Einssein mit der Götterwelt getan.

Der Wind weht wo er will, demnach auch bis in die gute Stube deines Direktoriums.

Mangel an Weisheit hat schon manchen um Kopf und Kragen gebracht.

Muckst du auf, kommt sogleich einer, dir die Schnauze zuzuschlagen.

Alles in Ehren, aber diesmal konnten dich die Äste nicht mehr tragen.

Was hüpfst du so herum? Muss Ich dich Mores lehren.

In Anbetracht der schwarzen Zahlen ist es nicht klug, sich den roten Hahn aufs Haus zu setzen.

Ich bügle wieder aus, was du zerknittert hinterlassen.

Was hängst du da herum, Ich will dich lieber in dich selbst versunken sehn.

Keine Ahnung hast du vom Profil, das Ich von dir verlange, überleg dir`s wohl.

Minutiös sollst du dich auf Mein Kommen vorbereiten, damit du dich dann nicht blamierst.

Geschwindigkeit allein tut nichts zur Sache, Geist und Witz gehören immer noch dazu.

Deine beste Stunde ist noch nicht gekommen, solang du *Meinen* Einfluss nicht erspürst.

Bewahre Haltung selbst wenn *Ich* dir tüchtig ins Gewissen rede.

Neben dir geht stets Mein Geistpotenzial spazieren.

Mach dich nicht lächerlich mit deinen siebenklugen Wissenschaftlichkeiten.

Ich gebiete dir in allem Ernst, was du bis zu den letzten Zügen leichterdings verscherzest.

Putten sprechen auch zu dir mit ihren gepuderten Augenhöhlen.

Mehr Wert als du kann im Grund genommen niemand in sich tragen.

Zylinder schmücketen einst die noblen Häupter, heute sind es Staatskarossen.

Dem Salz der Erde ist auch nicht alles zuzutrauen.

Wohlverwahrt sollst auch du deine Geistesschätze aufbewahren.

Was mitschwingt ist stets auch ein Unterton von Ungenügen an der Heiterkeit Elysiens.

Wer läuft dir strahlend vor Begeisterung entgegen? Du selber in des Seins erhabenem Revier.

Pankraz der Schmoller übt sich mit Erfolg im Lippen-Schürzen, Gott behüte ihn dabei.

Am Häufigsten ist wohl der Kopfsalat, den die Gernegrosse würdevoll zu Markte tragen.

Häufig fehlt es dir nur an der Einsicht in dein eignes Fabulieren.

Wenn du Mir`s glauben kannst: auch deine
Seinsprobleme gehen wie im Traum im Zeitenlauf
vorüber.

Wo nützest du am Meisten? In der Lebensschule, zu der
Ich dich mit Weitsicht und Entschiedenheit berufen.

Aus Meiner Sicht gerät die Welt durch dich ins Wanken,
wenn du nicht in Meinem Sinn agierst.

Golden Gate für alle, die Mein Potential zutiefst
begriffen haben.

Ich pflege keine Rügen zu erteilen, dazu sind die
Weltgesetze da.

Am Ende soll dir mehr als zum Beginn zur lockeren
Verfügung stehn.

Hast du die Warnung übersehn, schnappt dir die Falle
unerbittlich zu.

Ich leg dir Meine Güte vors Gewissen, greif doch munter
zu.

Ohne Sonne kein Leben, ohne Liebe keine Herzensspur.

7.2

Manche Tugend tut weh, vor allem, wenn sie dich etwas kostet.

Mit einem guten Schirm kannst du dich vor manchem Unheil regelrecht bewahren.

Die Kraft zum Handeln kommt dir doch immer nur von Mir.

Das Unerledigte hängt dir tagtäglich wie mit Bleigewichten an.

Nicht bitter sollst du reagieren gegen so viel Unbekömmlichkeiten, sie helfen dir, ein Held zu sein.

In Zartheit geboren, mit Liebe bedacht, verleiht dem Gedeihen erquickliches Wohl.

Die Menschen trauern, doch der Himmel nimmt voll Freude eine reife Seele in sich auf.

Das Mahlwerk kann nur reifes Korn ertragen, unreifes muss zerknirscht von dannen gehen.

Was auf der Strecke bleibt, soll nicht von dir und deinen Doktoreien rühren.

Momentan sind viele deiner Hügel kahl, doch du wirst auch diese noch begrünen.

Der Qualm verweht, die Sonnenlichter können wieder strahlen.

Nicht Wirkung, sondern Ursprung sollst du sein bewundernswerter Taten.

Ich glaube so wie du an die Gewissenhaftigkeit der fortgeschrittenen Naturen

Der Boden trägt, den Ich wohlbedacht für dich bereitet habe.

Land in Sicht, ruft froh der Kapitän und lehnt sich an die Reling, um es innig zu geniessen.

Suchst du Gewinn in deinen Büchern? Schau zuerst in Meinen nach.

Der Redliche wird bei Mir immer einen nennenswerten Vorschuss haben.

Kaum zu glauben wieviel Ärger du dir spartest, wenn du konsequent nach Meinen Weisungen verfahren hättest.

Gefiel dir das Debüt, das Ich dir jüngst in Meinem
Seinssalon bereitet habe?

Das Wetter mag sich wandeln wie gewohnt, Ich aber
werde aus dem ewigen Gleichmass Meine Wunderkreise
ziehn.

Sei so gut und beziehe dein Gemüse aus dem eignen
Garten.

Willst du kleistern, kleistere zuvörderst deine eignen
Löcher zu.

Summa summarum treten alle Fehler erst im nachhinein
zutage.

Mit dem Wind lässt sich das Wandern leichter an,
als gegen ihn.

Mein Liebster: trage Sorge zu den Sternen.

Vorstösse ins unendliche sind immer möglich unter
Meiner opferfreudigen Regie.

Klärst du ab, so kläre Ich entschieden auf,
in der Wohlfahrt Meiner Dispositionen.

Minnesänger sind nicht mehr modern, jedoch gesungen wird vor aller Welt noch immer in den höchsten Tönen.

Was lässest du dich gehn, wo Ich dich dennoch zärtlich an der Strippe halte?

Die Lust am Betteln wird dir bald vergehn, wenn du Meinen Segen in dir spürst.

Kleine Schritte sind oft wirkungsvoller als kunstvolle Sprünge in der prall gefütterten Arena.

Mit vielen hoch verehrten Aktionen machst du dich lächerlich vor Mir.

Wer sitzt am längern Hebel, er oder Ich, sollst du dich füglich fragen.

Wer gewinnt, hängt stets von Meinem Willen ab, sein Werk mit Wohlfahrt zu beehren.

Rosige Zeiten können dir auch Tränen bereiten, wenn du deine Füsse vor dem Fehltritt nicht bewahrst.

Generell gesagt verhalten sich die Dinge völlig anders, als du dir`s erklären magst.

Mobil sein ist das A und O sämtlicher Chauffeure.

Quicklebendiges muss nach Adam Riese tüchtig quieken.

Jeder Slogan ist von einem feinen Lügenhauch durchzogen.

Wirf die Flinte nicht ins Korn, so lang noch Hasen sich darin verbergen.

Wunder über Wunder öffnet sich dem Wesen in des Lebens Allegrie.

Nutzlos sollst du keinen Tag und keine Stunde abgelaufen haben.

Wie wäre es mit einem Sprung in Meines Wesenseins Revier?

Ohne Treue zu den Vätern der Geschichte kann es nimmer gehn.

Im Extremfall brauchst du nur an Meinen Götterstil zu appellieren.

Besteht Gefahr, kann Ich dir augenblicklich aus der Patsche helfen.

7.3

Praktisch aus dem Nichts wird dir das All serviert,
wenn du gelernt hast, dich zurückzuziehn.

Alles in Ehren, aber hier bist du mit Glanz und Glorie zu
weit gegangen.

Nur noch einen kleine Weile und du stehst vor aller Welt
als Sieger da.

Kleinholz schlagen nützt nicht viel, es wächst behände
wieder nach.

Wie stark sind deine Nerven, wenn es darum geht, die
Regeln einzuhalten.

Ohne Meinen Goodwill kannst du jeden Tag mit deinem
Krimskram baden gehn.

Das Zeitenglück hängt haargenau an deinem dünnen
Faden.

Die Macht der Gewohnheit spitzt sich immer weiter zu
und hat dich bald einmal vollends am Kragen.

Das Tribunal, das dich einst richten wird, kannst nur du
selber sein in deinen Wohlgefälligkeiten.

Schocking ist noch vieles mehr, als du dir denken magst,
an deinen albernen Gepflogenheiten.

Was wühlt dich auf? Meist ist es nicht der Rede wert
in deinem personalen Ich-Gefühl.

Der Stumme hat gut reden, derweil er es nicht nötig hat,
die Zuge zu beherrschen.

Hansdampf in allen Gassen sollst du nimmer sein, um
dich nicht selber zu verlieren.

Ohnmacht ist bei Mir so klein geschrieben, dass Ich`s
immer überseh.

Die Wege zur Vernunft sind schmal, doch lohnt es sich,
sie tapfer zu beschreiten.

Die Sicherheit des Seins soll auch für dich ein Thema
sein von überragendem Bedeuten.

Wen wunderts, dass sovieles schiefgeht, wo soviele noch
galant im Dunkel tappen.

Weißt du den Weg, so kann Ich dir auf jeden Fall noch
einen bessern weisen.

Gerade du sollst dir bewusst sein, wie innig Ich dein Hiersein noch entbehre.

Auf deine Interventionen gebe Ich nicht viel, sie sind allesamt dem Hirngeschwätz entsprungen.

Kohl und Rüben unterscheiden ist das erste der Gebote, die *Ich* dir zu beachten gebe.

Mangels Beweisen bist du bei Mir noch lang nicht freigesprochen.

Was zittert da heran? Dein wankelmütiges Gemüt auf Wanderschaft im Grünen.

Geklärte Wasser sind halt doch einmal voll Schmutz gewesen.

Nur was von oben kommt im Geistessinne ist wirklich frohgemut zu akzeptieren.

Zuoberst schwimmen will noch jeder, aber dafür muss er krisensicher sein

Mysteriös sind deine Tugenden, weil sie meistens selig schlafen.